THEATERBIBLIOTHEK

Wilfried Happel
Das Schamhaar
Mordslust
Zwei Stücke

Verlag der Autoren

Die Deutsche Bibliothek – CIP-Einheitsaufnahme

Happel, Wilfried:
Das Schamhaar : zwei Stücke / Wilfried Happel. – Frankfurt am Main : Verl. der Autoren, 1996
(Theaterbibliothek)
ISBN 3-88661-169-8

Satz: SVG, Satz- und Verlagsgesellschaft, Darmstadt
Druck: betz-druck GmbH, Darmstadt
Printed in Germany

INHALT

Das Schamhaar

Personen

Gregor
Justus
Mutter
Vater

1. WENN MUTTER KOMMT, ICH BIN'S NICHT GEWESEN.

Eßtisch, ein Kuchen. Die Teller und Tassen noch nicht verteilt. Rechts ein Buffet, an dem sich die Akteure bedienen können. Links eine kunststoffbezogene Sitzbank.

GREGOR Was ist denn das? – Sieht aus wie ein Schamhaar. Wo kommt denn das Schamhaar – Justus?

JUSTUS Ich bin's.

GREGOR Hast du mich erschreckt.

JUSTUS Seit du auf der Welt bist, bist du schreckhaft.

GREGOR Sieh mal, was ich gefunden habe.

JUSTUS Was ist denn das?

GREGOR Sieht aus wie ein Schamhaar.

JUSTUS Wo kommt denn das Schamhaar –

GREGOR Du willst fragen, wo das Schamhaar herkommt? Ich weiß es ehrlichgesagt selbst nicht. Es ist außergewöhnlich lang, finde ich, und nur ganz wenig gekräuselt. Dennoch unverkennbar ein Schamhaar. Von mir ist es jedenfalls nicht. Es sieht aus wie von der Sonne ausgebleicht. Vielleicht ist es von Mutter.

JUSTUS Ich kenne Mutters Schamhaare nicht. Aber möglich wäre es.

GREGOR Möglich wäre es. Dann würde ich so etwas wie Geborgenheit empfinden, wenn ich daran rieche –

JUSTUS Jetzt verstehe ich; vorausgesetzt, es ist wirklich von Mutter. – Hilf mir beim Tischdecken. Später können wir Mutter fragen.

GREGOR Gut. Ich stecke das Haar solange in meine rechte Hosentasche. So.

JUSTUS Hilf mir.
GREGOR Ich helfe dir. – Das Desserttellerchen immer rechts von der Kaffeetasse. Die Tasse etwas näher am Tischrand als das Desserttellerchen.
JUSTUS Was machst du wieder? Die Tasse muß rechts stehen und das Desserttellerchen links. Das Desserttellerchen immer etwas näher am Tischrand als die Tasse.
GREGOR Du hast recht. Wenn Mutter das –
JUSTUS Mach schnell!

Gregor vertauscht Tassen und Desserttellerchen.

GREGOR Ich höre sie schon kommen.
JUSTUS Ich höre nichts. So. Gut. Jetzt stimmt alles.
GREGOR Setzen wir uns. – Hörst du sie?
JUSTUS Nein, ich höre nichts. Hast du etwas gehört?
GREGOR Nein, nichts.
JUSTUS Was ist denn das wieder! Die Spitzen der Kuchengabel müssen nach oben zeigen.
GREGOR Nach oben? Nein. Nach unten. Es ist schon richtig so. Die Spitzen der Kuchengabel müssen nach unten zeigen. Siehst du? So muß die Kuchengabel liegen.
JUSTUS Aber nicht – nicht so. Die Kuchengabel immer mit den Spitzen nach oben. Wo lebst du denn. Die Spitzen nach oben, das ist immer so.
GREGOR Rühr sie nicht an, sag ich.
JUSTUS Gut. Wenn Mutter kommt – ich bin's nicht gewesen.
GREGOR Ich habe etwas gehört. Setzen wir uns. – Gott! Die Blumen! Wo hab ich –
JUSTUS Im Badezimmer. Du hast die Blumen in die Badewanne gestellt. Jetzt aber schnell!

GREGOR Ich bin so – ich bin so vergeßlich. *Eilt nach draußen, kehrt mit den Blumen zurück.* Die Vase!

JUSTUS Schrecklich!

Gregor eilt nach draußen, kehrt mit der Vase zurück.

GREGOR So. An Mutters Platz. So. So. *Während er die Blumen zurechtsteckt.* So. So. So.

JUSTUS *unterdessen* Mußten es Nelken sein? Nelken legt man doch den Toten auf's Grab. Nelken zum Muttertag.

GREGOR Solange ich lebe, nörgelst du an mir herum. Pst! – – – Ich habe etwas gehört.

JUSTUS Ich höre nichts.

GREGOR Ich habe Stimmen gehört.

JUSTUS Die können von draußen gekommen sein. Das Fenster ist offen.

GREGOR Von draußen kommen doch keine Stimmen. Überhaupt keine. Außer den Grillen gibt es da draußen nichts. Die zirpen manchmal so laut, als wären sie im Haus. Pst! – Stimmen – ich glaube sie kommen.

JUSTUS Sie werden sich noch zurechtmachen. Vielleicht sind sie im Schlafzimmer.

GREGOR Im Schlafzimmer? Aber sie haben doch seit Jahren getrennte Schlafzimmer.

JUSTUS Ich habe gesehen, wie sie in Mutters Schlafzimmer gegangen sind.

GREGOR Du hast sie! In Mutters Schlafzimmer! Du hast Vater und Mutter –

JUSTUS Ja, vielleicht habe ich es gesehen.

GREGOR Wann –

JUSTUS Und dann habe ich ihre Stimmen gehört. Jawohl.

GREGOR Das glaube ich nicht. Du lügst. *Geht zur Tür, horcht.* Nichts. Du willst mich quälen, ja? Deine Stimmen, das werden die Grillen gewesen sein.

JUSTUS Dann waren es die Grillen.

GREGOR Die Grillen waren es. – Wie lange sollen wir noch auf Mutter und Vater warten?

JUSTUS Bis sie kommen. – Willst du anklopfen und fragen?

GREGOR Bist du verrückt? Jetzt doch nicht.

JUSTUS Warum jetzt nicht?

GREGOR Nicht jetzt. Sie sind doch jetzt – vielleicht – machen sie –

JUSTUS Du meinst, sie machen –

GREGOR Ehrlich gesagt, nein. Das ist un- sie haben doch seit Jahren getrennte Schlafzimmer. Trotzdem. Könntest du dir vorstellen, daß sie – – – Aber dazu sind sie doch zu alt.

JUSTUS Dazu ist man vielleicht nie zu alt.

GREGOR Nicht, wenn man seit Jahren getrennte Schlafzimmer hat.

JUSTUS Was du phantasierst. Aber vielleicht – – – Muttertag wäre ein Anlaß.

GREGOR Am Muttertag wollen wir die Mutter ehren, so heißt es. Aber dann – bei der Hitze. Vater würde nie, er würde es nicht, ich meine, ich weiß nicht, es ist viel zu heiß.

JUSTUS Die Hitze, ja.

GREGOR Ich mache mir jetzt Sorgen um Vater. Vielleicht stirbt er.

JUSTUS Wozu Sorgen. Die sind ganz unnötig. Sorgen verhindern überhaupt nichts.

GREGOR Trotzdem sollten wir sie warnen. Vor der Hitze.

JUSTUS Bist du verrückt? – Pst! Jetzt habe ich auch etwas gehört.

GREGOR Das sind die Grillen.

JUSTUS Nein, diesmal nicht.

GREGOR Du meinst, sie tun es noch immer? – Ich gehe jetzt hin und sage ihnen, daß sie aufhören sollen.

JUSTUS Und wenn wir uns geirrt haben? Wenn sie sich nur unterhalten? Das wäre peinlich.

GREGOR Das wäre peinlich. Wir lassen es. Wir warten. – Ich glaube, Vater geht schon auf die sechzig. Ist er nicht letztes Jahr neunundfünfzig geworden? Mit den Jahren vergißt man die Geburtstage. Neunundfünfzig oder sechzig, oder einundsechzig. – Justus? Das steht doch fest? Jedenfalls lebt er noch? – Hörst du mir zu?

JUSTUS Was willst du wissen?

GREGOR Ob Vater noch lebt.

JUSTUS Weißt du es denn nicht?

GREGOR Haben wir nicht kürzlich mit ihm gesprochen?

JUSTUS Was ist »kürzlich«? – Kannst du dich an ein einziges Gespräch mit Vater erinnern?

GREGOR Oh ja. Das war das Gespräch über die Pflaumenernte im letzten Herbst.

JUSTUS Darüber haben wir gesprochen. Vater war nicht dabei, soweit ich mich erinnere. Wir saßen dort am Fenster und haben über die Pflaumenernte im letzten Herbst gesprochen. Ja, jetzt erinnere ich mich, nur *wir* beide saßen dort.

GREGOR Wirklich? – Dann kann ich mich an kein Gespräch mit Vater erinnern. – Was meinst du? Glaubst du, daß Vater schon tot ist?

JUSTUS Das habe ich nicht behauptet.

GREGOR Also lebt er noch –
JUSTUS Das habe ich auch nicht behauptet.
GREGOR Vielleicht haben wir ihn schon beerdigt und wissen nichts mehr davon? Was meinst du? Glaubst du nicht, daß er noch lebt?
JUSTUS Was heißt »glauben«? Ich würde sagen, ich bin mir ziemlich sicher. Mit Einschränkungen. Das hängt von der Stimmung ab.
GREGOR Wir könnten Mutter fragen. Ja. Wir fragen Mutter. Aber nicht jetzt. Jetzt noch nicht.
JUSTUS Nein. Jetzt auf keinen Fall. Wir fragen später.
GREGOR Justus? – Und wenn Mutter auch nicht mehr lebt? Ach, aber du hast doch Stimmen gehört in Mutters Schlafzimmer, nicht wahr? Du hast doch Mutters Stimme gehört.
JUSTUS Ob es Mutters Stimme war oder Vaters Stimme, weiß ich nicht. Im Alter ähneln sich die Stimmen.
GREGOR Vielleicht führte einer der beiden ein Selbstgespräch. Oder einer von beiden ist einsam und redet mit dem andern, obwohl der gar nicht mehr lebt. Bei alten Leuten ist das immer so. – Hörst du etwas?
JUSTUS Nichts.
GREGOR Vielleicht, Justus, sind sie tot. Wir könnten zum Friedhof gehen und nachsehen. Oder den Pfarrer fragen, der Pfarrer muß es doch schließlich wissen. – Gott, bin ich beruhigt! Da geht eine Tür, jemand ist im Flur. Hörst du?
JUSTUS Ich höre nichts –
GREGOR Ganz deutlich –
JUSTUS Das war der Wind –
GREGOR Das bildest du dir ein –
JUSTUS Du bildest dir etwas ein –

GREGOR Es geht kein Wind –
JUSTUS Dann waren es die Grillen –
GREGOR Wir könnten hinausgehen und uns überzeugen. Sollen wir? – Aber wenn sie noch leben, werden sie uns fragen, was wir von ihnen wollen, und wir können ihnen nicht sagen, daß wir nachsehen wollen, ob sie noch leben.
JUSTUS Ja. Das würden sie nicht verstehen.
GREGOR *hat das Schamhaar aus der rechten Hosentasche gezogen.* Ich frage mich jetzt aber wirklich, von wem das Haar kommt. Es sieht vergilbt aus. Wenn es nicht deins ist und nicht meins ist, dann kann es doch nur von Vater oder von Mutter sein, oder? Ergo lebt mindestens einer von beiden – Aber, so ein Haar hält sich zum Beispiel viel länger als der Mensch manchmal. Selbst Mutters Gebiß im Glas auf der Badezimmerablage wäre kein Beweis, daß Mutter noch lebt. Und was wäre, wenn – es könnte auch von Mathilde sein.
JUSTUS Ich weiß nicht. Ich habe keinen besonders guten Kontakt zu Mathilde.
GREGOR Manchmal glaube ich, du und Mathilde, ihr wärt ein Paar. Und dann glaube ich wieder, sie und Vater hätten etwas miteinander. Ich habe sie einmal in dein Zimmer gehen sehen.
JUSTUS Vielleicht hat sie geputzt. Sie geht doch auch oft in dein Zimmer.
GREGOR Nur wenn sie putzt. Vielleicht hat es nichts zu bedeuten.
JUSTUS Ich habe Mathilde heute überhaupt noch nicht gesehen. Ich weiß gar nicht, wo sie ist.
GREGOR Zum Geburtstag hat sie dir eine Hose geschenkt. Die Hose, die du da trägst, ist doch die Hose von Mathilde. Ja, das ist sie. Du hattest doch

so viele Hosen. Aber du trägst nur noch die Hose, die Mathilde dir geschenkt hat. Ich frage dich warum? Und du weichst mir aus.

JUSTUS Bin ich verpflichtet, dir über alles Auskunft zu geben?

GREGOR Jetzt gehe ich aber! – Ich gehe und frage.

JUSTUS Was willst du?

GREGOR Fragen, ob Vater noch lebt.

JUSTUS Du willst Mutter fragen, ob Vater noch lebt? Du willst wirklich?

GREGOR Oder Vater fragen, ob Mutter noch lebt. *Geht zur Tür, zögert.* Mutter lebt noch. Da bin ich mir jetzt ganz sicher. Schließlich sind wir hier, um Muttertag zu feiern.

JUSTUS Aber wenn wir uns geirrt haben?

GREGOR Wenn wir uns – Dann müssen wir uns vor niemandem verantworten. Wenn Mutter nicht mehr lebt, müssen wir uns bei ihr nicht entschuldigen, daß wir –

JUSTUS Denn die Toten sind nicht nachtragend. Jedenfalls glaube ich *daran* nicht mehr.

GREGOR Und wenn sie noch lebt, dann haben wir wenigstens ihren Muttertag nicht vergessen. – Aber wenn Vater jetzt hereinkäme, und allein? Und er würde die Blumen sehen und den gedeckten Tisch? – Dann sagen wir einfach, wir feiern heute den Vatertag, denn weil wir auch der Mutter gedenken wollten, haben wir den Termin vorverlegt. – Jetzt ist aber eine Tür gegangen.

JUSTUS Ich habe nichts dergleichen gehört. Das bildest du dir ein. Wo soll da eine Tür gegangen sein.

GREGOR Draußen im Flur. Ganz nah. Jemand geht durch den Flur. Hörst du nicht? Ganz leise –

JUSTUS Deine Sinne sind überreizt –

GREGOR Pst!
JUSTUS Niemand ist im Flur –
GREGOR Hör doch –
JUSTUS Ich höre nichts. Hallo? – – – Vater und Mutter jedenfalls können es nicht sein. Du weißt doch, wieviel Lärm sie machen, weil sie laut reden, da sie schwerhörig sind. Beide. Hast du das vergessen?
GREGOR Mir ist noch nicht aufgefallen, daß sie schwerhörig sind. Aber vielleicht habe ich es vergessen.
JUSTUS Vielleicht bist du selbst schwerhörig, Gregor.
GREGOR Was?
JUSTUS Vielleicht bist du selbst schwerhörig –
GREGOR Ich habe verstanden. Dann –, dann war es vielleicht Mathilde. Sie hat einen leichten Gang. *Geht zur Tür.* Mathilde?
JUSTUS Du wirst dich getäuscht haben. Du hörst, was nicht zu hören ist. Und was zu hören ist, das hörst du nicht.
GREGOR Sie hat einen sehr erotischen Gang, deine Mathilde.
JUSTUS Sei nicht kindisch. Was ist das!
GREGOR Was!
JUSTUS Sieh auf den Tisch.
GREGOR Ich sehe.
JUSTUS Fällt dir nichts auf?
GREGOR Mir fällt nichts auf.
JUSTUS Sieh genau hin.
GREGOR Mir fällt nichts auf.
JUSTUS Wieviele Gedecke siehst du?
GREGOR Eins – zwei – drei – vier – fünf. Es sind fünf.
JUSTUS Ja, aber warum sind es fünf? Zähle mit: Vater –
GREGOR Eins –

JUSTUS Mutter –
GREGOR Zwei –
JUSTUS Du –
GREGOR Drei –
JUSTUS Und ich.
GREGOR Vier.
JUSTUS Gregor. Erwartest du wieder Besuch? Heute ist Muttertag. Am Muttertag ist die Familie unter sich.
GREGOR Ich habe –
JUSTUS Und *ich* habe nichts damit zu tun. Das ist ganz allein deine Angelegenheit. – Gespickt, der ganze Raum. Es müssen Tausende sein. Die Grillen, meine ich. Ein Meer. Man sieht sie nicht. Nur das Geräusch. Sie stecken in allen Ritzen.

Auftritt Vater und Mutter hinter den Rücken der Söhne.

GREGOR Tausende. Ein Meer von Grillen. Jetzt hab ich –
JUSTUS Was! Was ist denn!
GREGOR Ich kann's nicht mehr finden, ich hab es doch – das Haar, ich hab es hier in die Tasche –
JUSTUS Die rechte! Sieh in der rechten Hosentasche nach!
GREGOR Nein, da ist es auch nicht. Hilf mir.
JUSTUS Ich helfe dir.
GREGOR Vielleicht ist es zu Boden gefallen.
JUSTUS Aber es ist fast unmöglich, ein einzelnes Schamhaar auf dem Boden zu finden. Wenn es ein Büschel wäre.
GREGOR Wir müssen es finden, es ist vielleicht das einzige Andenken an Mutter.

JUSTUS Ich kann's nicht finden. Du? Der Boden ist sauber, dank Mathilde, aber ein einzelnes Schamhaar –

GREGOR Such weiter. Vielleicht haben wir Glück.

JUSTUS Hast du es?

GREGOR Nein – Ach diese Grillen machen mich verrückt.

JUSTUS Zeig deine Taschen! *Er faßt Gregor von hinten in die Hosentaschen.* Vergeblich. Umsonst.

Licht aus.

2. DER GANZE RAUM – EIN MEER VON GRILLEN.

VATER Grillen? Welche Grillen eigentlich? Ich höre keine Grillen. Grillen gibt's nicht mehr. Hörst du Grillen, Mutter? Ich kann keine Grillen hören. Wo sollen da Grillen zu hören sein?

JUSTUS Du hörst wirklich die Grillen nicht? Überall sind sie. Der ganze Raum – ein Meer von Grillen.

VATER Absolut nicht.

JUSTUS Das ist unmöglich.

VATER Es gibt keine Grillen mehr. Früher, da wimmelte es von Grillen. Man sah sie nicht, aber man hörte sie. Jetzt sind sie ausgestorben.

JUSTUS Sie sind überall. Hört ihr wirklich nichts?

MUTTER Nein. Es ist so, wie Vater sagt. Es gibt keine Grillen mehr. Ihr Jungen wißt nicht, was Grillen sind. Vielleicht habt ihr sie, als ihr klein wart, noch gehört, und jetzt erinnert ihr euch. Früher gab es Unmengen von Grillen. Ihr Zirpen war überall. Jedenfalls im Sommer. Jetzt sind sie ausgestorben. Wollt ihr uns auf die Probe stellen? Unsern Verstand prüfen? Daß wir alt werden, wissen wir selbst.

JUSTUS + GREGOR Es tut uns leid, Mutter.

JUSTUS Vielleicht läßt das Gehör im Alter nach, so daß es bestimmte – Tonfrequenzen ignoriert. Was meinst du, Gregor? Die ganz feinen Töne, wie das Zirpen der Grille. Oder ein Geräusch ist so – dominant, wie das Zirpen der Grille, so daß es manche Menschen gar nicht mehr wahrnehmen, etwa – wie man den Wald vor lauter Bäumen nicht sieht.

MUTTER Ich finde es nicht schön, daß ihr beide eure Eltern so zum alten Eisen schieben wollt. Es gibt

Wichtigeres als Grillen. Immerhin, den Tisch habt ihr gedeckt. Meine Söhne! An meinen Busen, Gregor. An den Busen, Justus. Aber was ist denn das? Die Spitzen der Kuchengabel zeigen immer nach oben. Wie oft habe ich das schon gesagt? Sie müssen nach oben zeigen, weil es immer so ist. So. So ist es richtig. So. So. *Während sie die Lage der Kuchengabeln korrigiert.* So. So. So. Ich habe euch beide gleich lieb. Ich mache keine Unterschiede, das wißt ihr. Und was ist das? Justus?

JUSTUS Mutter?

MUTTER Sieh auf den Tisch.

JUSTUS Ich sehe.

MUTTER Fällt dir nichts auf?

JUSTUS Doch.

GREGOR Mutter ich –

MUTTER Ein Gedeck zuviel. Das ist keine Sünde.

GREGOR Mutter ich –

MUTTER Glaub nicht, Gregor, daß eine Mutter am Muttertag ihrem Sohn böse sein könnte. Ich trage das Gedeck – einfach weg. So.

GREGOR Mutter, ich möchte sagen, daß noch jemand kommen wird. Ich habe meine Freundin Reinhild eingeladen.

VATER Ich habe gar nichts dagegen, wenn mein Sohn ein Mädchen – *Zu Gregor.* Du brauchst nichts zu verheimlichen. Dein Vater war auch einmal jung.

GREGOR So ist es nicht, wie du denkst, Vater.

JUSTUS Er kommt ins geschlechtsreife Alter, mein kleiner Bruder.

MUTTER Mußt du es so deutlich sagen am Muttertag.

VATER + JUSTUS Es ist wie es ist.

GREGOR Ihr seid alle ein bißchen verrückt, nicht wahr? Früher ging mir meine Familie über alles.

Heute seid ihr meiner Meinung nach alle ein bißchen verrückt. Ah! Da ist es Justus! Sieh mal, es war in der Jackentasche.

VATER Was ist denn das?

MUTTER Sieht aus wie ein Schamhaar.

GREGOR Es lag auf dem Tisch.

MUTTER Wie kommt denn das Schamhaar auf den Tisch?

VATER Vielleicht ist es vom Wind hereingeweht worden.

JUSTUS Es geht kein Wind.

GREGOR Justus und ich, wir haben uns gefragt, ob es einem von euch beiden gehört. *Reicht das Haar herum.*

MUTTER Willst du Kaffee, Gregor? Gib mir die Tasse.

JUSTUS Von mir ist es jedenfalls nicht. Könnte es nicht von dir sein, Mutter? – Zuerst dachten wir, es wäre von Mutter.

VATER Als hätte es lange in der Sonne gelegen. Es ist ganz ausgebleicht.

JUSTUS Farblos.

MUTTER Kann ich sehen? *Zu Vater.* Es ist von dir. Aber wie kommt es auf die Tischdecke? Die Tischdecke kommt doch frisch aus der Wäsche. Vielleicht kam die Tischdecke mit deinen Unterhosen in Berührung. Aber ich lasse nie Tischdecken und Unterhosen zusammen waschen. Das lasse ich nicht zu. Das verbitte ich mir strengstens. Oder hat Mathilde vielleicht doch – Ah ich habe ein Stechen im Kopf. *Sie wankt.*

JUSTUS + GREGOR Was ist, Mutter?

MUTTER Nichts – ich hatte nur so – eine Ahnung –

VATER Lassen wir das Haar. Wirf es weg, Gregor.

MUTTER Nein. Der Sache muß nachgegangen werden. Wir wollen Mathilde fragen. Wo steckt eigentlich Mathilde? Habe ich sie nicht auf ihr Zimmer geschickt? Wozu soll denn das wieder gut gewesen sein? Ich wüßte nicht, daß ich – Jedenfalls ist der Kuchen da, der Kuchen, den doch Mathilde gebakken hat. Heute morgen, da hab ich sie auf ihr Zimmer geschickt. Und das ausgerechnet am Muttertag? Gerade heute, am Muttertag. »Am Muttertag, da müssen Sie nicht arbeiten, Mathilde«, das habe ich gesagt, ja.

JUSTUS Soll ich nachsehen, ob sie auf ihrem Zimmer ist?

MUTTER Nein, es wäre peinlich, wenn ich mich geirrt hätte.

JUSTUS Wir könnten sie auf ein Stück Kuchen einladen.

VATER Keine gute Idee. Das hätten wir früher tun sollen. Jetzt ist es peinlich.

JUSTUS Ich suche nur nach einem Vorwand, um herauszufinden, ob Mathilde auf ihrem Zimmer ist oder nicht. Wenn sie das nicht ist, so wird sich Mutter getäuscht haben. Dann ist sie vermutlich irgendwo anders. Und wenn Mutter recht hat, und Mathilde tatsächlich auf mein Klopfen öffnet, so kann ich sagen: wir möchten Sie gern auf ein Stück Kuchen einladen, Mathilde. Oder soll ich zu Mathilde sagen: wir wollten nachprüfen, ob Mutter sich geirrt hat oder nicht?

MUTTER Nein. Am Muttertag wollen wir ganz unter uns sein. Ich habe Kopfschmerzen.

JUSTUS Das kommt von der Hitze. Und von den Grillen.

MUTTER Es gibt keine Grillen mehr, ich höre nichts.

Früher gab es noch Grillen, jetzt sind sie ausgestorben. Gregor, öffne das Fenster.

GREGOR Das Fenster ist offen, Mutter.

MUTTER Hört ihr? Nichts. Keine Grillen.

VATER *zu Gregor* Deine Reinhild – wann will sie denn kommen?

GREGOR Sie kommt jeden Moment. Vielleicht verspätet sie sich.

MUTTER Es ist unhöflich, ganz pünktlich zu sein. Fünf Minuten nach der Zeit.

JUSTUS Ist sie hübsch, deine Kriemhild?

GREGOR Du wirst es ja sehen. Außerdem, sie heißt Reinhild.

JUSTUS Ein seltsamer Name – Reinhild. Finde ich. Du weißt doch, daß die Türklingel defekt ist?

MUTTER Ich hätte es dir sagen sollen, Gregor. Ich habe den Elektriker bestellt, aber er ist nicht gekommen. Bin ich jetzt schuldig? Ich wußte ja nicht, daß du zum Muttertag eine Fremde einladen würdest. Du willst doch jetzt nicht die ganze Zeit am Fenster stehen und warten?

GREGOR Dann hänge ich eine Nachricht an die Haustür –

MUTTER Wozu? Sie wird rufen, wenn niemand öffnet. Das wird sie doch kapieren, daß die Klingel defekt ist. So schlau wird sie doch sein, deine Reinhilde. Magst du den Kuchen nicht? Er schmeckt ein bißchen säuerlich, ich weiß. Du solltest ihn trotzdem probieren.

VATER Setz dich, Gregor. Heute ist Muttertag. Heute wollen wir die Mutter ehren. Dazu gibt es schließlich den Muttertag. – Ich probiere den Kuchen –

MUTTER Ich habe ihn nicht gebacken, das weißt du. Mathilde hat uns den Kuchen gebacken. Immer zum Muttertag backt uns Mathilde einen Kuchen. Ich habe nichts gegen Mathilde, ich finde sie nur – *Sie faßt sich an die Stirn.*

JUSTUS Was ist? Kopfschmerz? Immer noch?

MUTTER Es ist gut, Justus. Setz dich. Nimm Kuchen. Wir wollen immer ehrlich sein zueinander.

GREGOR Was wolltest du sagen über Mathilde? Du wolltest etwas Böses sagen, nicht wahr? Immer wenn du etwas Böses sagen willst, kriegst du Kopfschmerzen.

MUTTER Wir wollen uns keine Gemeinheiten sagen. Wir wollen lieb zueinander sein. Wer weiß – wir sind vielleicht nicht mehr lange zusammen. Ich bin alt. Und was liegt daran? Der Tod ist für mich eine Erlösung. Ich werde dann keine Kopfschmerzen mehr haben. *Versucht zu lachen.* Das sind schöne Aussichten, nicht wahr, Gregor? Mein Kleinster. Wir wollen nicht über den Tod reden. – Habt ihr nichts für mich vorbereitet? Früher habt ihr so schöne Gedichte aufgesagt.

GREGOR Wir waren uns nicht sicher, ob du noch lebst, Mutter. Man kann doch nicht für jemanden etwas vorbereiten, der vielleicht überhaupt nicht mehr lebt.

VATER Ich glaube, jemand ist im Garten.

GREGOR Ich habe nichts gehört. Vielleicht war es ein Windstoß. *Zum Fenster, sieht vorsichtig hinaus.*

JUSTUS Es geht kein Wind.

GREGOR Niemand zu sehen. Nichts. Du hast dich getäuscht.

MUTTER Magst du wirklich keinen Kuchen, Gregor? Nein. Ich verstehe. So willst du mich bestrafen. Ich habe ihn nicht gemacht, darum schmeckt er dir nicht. Mathilde hat ihn gemacht. Ich hätte es wissen müssen. Mathilde macht vielleicht auch einen guten Kuchen. Aber es ist nicht so wie von Mutter. Wenn die Mutter den Kuchen macht, schmeckt es anders. Ein Sohn mag natürlich lieber den Kuchen, wenn er von der Mutter kommt. Ich weiß, Gregor, du würdest auch diesen Kuchen essen. Aus Höflichkeit. Weil es der Anstand so gebietet. Aber am Muttertag sollte eine Mutter eigenhändig den Kuchen backen. Ich habe nie eigenhändig den Kuchen gebacken am Muttertag. Immer war es Mathilde. Und immer wenn Mathilde den Kuchen backt, schmeckt er, ich weiß nicht, etwas säuerlich. *Zum Publikum.* Bin ich eine schlechte Mutter? Habe ich meine mütterliche Pflicht versäumt?

Justus tritt seinen Stuhl um, schleudert ihn ins Eck.

GREGOR Justus?
JUSTUS Ich bin's.
GREGOR Hast du mich erschreckt.
VATER Seit du auf der Welt bist –

Justus läßt ein Kaffeegedeck zu Boden fallen, Gregor zuckt zusammen.

VATER Bist du schreckhaft.

Justus packt mit beiden Händen die Zipfel des Tischtuchs und hebt zum Ruck an – zögert, läßt das Tuch liegen. Betretenes Schweigen.

GREGOR Seht mal, was ich gefunden habe.
MUTTER Was ist denn das?
VATER Sieht aus wie ein Schamhaar.

JUSTUS Wo kommt denn das Schamhaar –

GREGOR Du willst fragen, woher das Schamhaar kommt? Es lag auf dem Tisch. Vielleicht ist es von Vater?

Vater verschwindet, indem er sich eine Decke über den Kopf wirft, unauffällig aus dem Zimmer schleicht oder sich hinter der Sitzbank versteckt.

JUSTUS Ich kenne Vaters Schamhaare nicht. Aber möglich wäre es. Pst! Ich höre was.

GREGOR Ich höre nichts.

JUSTUS Ich habe Geräusche gehört. Von draußen.

GREGOR Da draußen ist nichts. Außer den Grillen.

MUTTER Grillen?

JUSTUS Vielleicht ist es Kriemhild?

GREGOR Nein. *Geht zum Fenster, sieht vorsichtig hinaus.* Sie würde rufen. Außerdem – Reinhild. *Zuckt zurück.* Das wird sie doch kapieren, daß die Klingel defekt ist. So schlau wird sie doch sein, meine Reinhild. Da draußen ist nichts. Außer den Grillen.

MUTTER Welche Grillen? Ich höre keine Grillen. Hörst du Grillen, Vater? – Vater? – Vater!? – Ich kann jedenfalls keine Grillen hören. Wo sollen da Grillen zu hören sein? Es gibt keine Grillen mehr. Früher, da wimmelte es von Grillen. Man sah sie nicht, aber man hörte sie. Jetzt sind sie ausgestorben. Ihr Jungen wißt nicht, was Grillen sind. Vielleicht habt ihr sie, als ihr klein wart, noch gehört, und jetzt erinnert ihr euch. Früher gab es Unmengen von Grillen. Ihr Zirpen war überall. Jedenfalls im Sommer. Jetzt sind sie ausgestorben. Wollt ihr mich auf die Probe stellen? Daß ich alt werde, weiß ich selbst.

JUSTUS + GREGOR Es tut uns leid, Mutter.

Justus wirft die Kaffeekanne gegen die Wand.

JUSTUS Mußten es Nelken sein! Nelken stellt man doch den Toten auf's Grab!

GREGOR Solange ich lebe, nörgelst du an mir herum. Herumnörgler.

JUSTUS Bla Bla Blabla...

GREGOR Pst! Ich höre was! Ich höre nichts! Ich habe Geräusche gehört! Die können von draußen gekommen sein! Von draußen kommen aber doch keine Geräusche! *Schlägt die Hände über dem Kopf zusammen.* Aber sie haben doch seit Jahren getrennte Schlafzimmer!

JUSTUS Ich hab sie reingehen sehen.

GREGOR Du hast! Du hast sie reingehen sehen? Vater und Mutter? Was du nicht alles! Was du nicht alles reingehen siehst! Jetzt sag noch, daß du ihre Stimmen gehört hast.

JUSTUS Ja, und dann habe ich ihre Stimmen gehört.

Gregor läßt sich lasziv auf die Sitzbank sinken und atmet schwer.

GREGOR Das glaube ich nicht. Du willst mich quälen, ja? Deine Stimmen, das sind doch wohl die Grillen gewesen.

MUTTER Welche Grillen? Ich höre keine Grillen. Es gibt keine Grillen mehr. Früher da gab es noch Grillen. Man sah sie nicht, aber man hörte sie. Jetzt sind sie ausgestorben. Ihr Jungen wißt nicht –

GREGOR Halt's! Maul!! Mutter!!!

Mutter verschwindet, indem sie hinter die Sitzbank in Ohnmacht fällt.

JUSTUS Gregor? – Gregor! Hörst du mich? Wie lange sollen wir noch auf Vater und Mutter warten? He? Wie lange –

GREGOR Wie lange sollen wir noch auf Vater und Mutter warten?

JUSTUS Na bis sie kommen. – Willst du anklopfen und fragen?

GREGOR Bist du verrückt?

JUSTUS Sie haben doch seit Jahren getrennte Schlafzimmer. Zum Vögeln sind sie doch zu alt. Und dann, bei der Hitze. – Ich mache mir Sorgen um Vater. Vielleicht stirbt er. – Über den Tod wollen wir nicht reden. – Gregor? Kannst du dich an ein einziges Gespräch mit Vater erinnern?

GREGOR Oh ja. Das war das Gespräch über die Pflaumenernte im letzten Herbst.

JUSTUS Darüber haben wir uns unterhalten, nur wir beide. Vater war nicht dabei.

GREGOR Dann kann ich mich an kein Gespräch mit Vater erinnern. Was meinst du – glaubst du, daß er schon tot ist?

JUSTUS Das habe ich nicht behauptet.

GREGOR Also –

JUSTUS Das habe ich auch nicht behauptet.

GREGOR Vielleicht haben wir ihn schon beerdigt, und wir wissen nichts mehr davon? Was meinst du? Glaubst du nicht, daß er noch lebt? – Aber was heißt glauben? Man würde sagen. Man ist sich ziemlich sicher. Mit Einschränkungen. Das hängt von der Stimmung ab. – Wir könnten Mutter fragen. Ja. Wir fragen Mutter. Aber nicht jetzt. Jetzt noch nicht. Nein, jetzt auf keinen Fall. Wir fragen später. – Justus? Und wenn Mutter auch nicht mehr lebt? Ach aber du hast doch Stimmen gehört im Schlafzimmer, nicht wahr? Du hast doch Mutters Stimme gehört. Oder war es Vaters Stimme? Im Alter ähneln sich die Stimmen. Vielleicht führte einer von beiden ein Selbstgespräch, oder einer von ihnen ist einsam und redet mit dem andern, obwohl der gar nicht mehr lebt. Bei alten Leuten ist das immer so. Justus? Vielleicht sind sie tot. Wir könnten zum Friedhof gehen und nachsehen. Oder den Pfarrer fragen, der Pfarrer muß es doch schließlich wissen.

JUSTUS Friedhof? Pfarrer? Schamhaar? Mathilde?

Vater taucht unbemerkt von den beiden wieder auf.

JUSTUS Ich habe keinen besonders guten Kontakt zu Mathilde.

VATER Wir sollten Mathilde aus dem Spiel lassen.

Mutter taucht hinter der Sitzbank hervor.

VATER *zu Gregor* Laß mich in Ruh mit deiner Mathilde. Von deiner Mathilde will ich nichts wissen.

Mutter *zu Vater* Manchmal glaube ich, du und Mathilde, ihr habt etwas miteinander. Ich habe sie in dein Zimmer gehen sehen.

VATER Sie geht nur in mein Zimmer, wenn sie putzt. Sie geht doch auch oft in dein Zimmer.

MUTTER Aber nur, wenn sie putzt. Außerdem – ich bin eine Frau. – Zum Geburtstag hat sie dir ein Hemd geschenkt. Das Hemd, das du da trägst, ist doch das Hemd von Mathilde. Ja, das ist es. Du hattest doch so viele Hemden. Aber du trägst nur noch das Hemd, das Mathilde dir geschenkt hat. Ich frage dich, warum? Und du weichst mir aus.

VATER Deine Eifersucht kennt scheinbar keine Grenzen.

MUTTER Weil ich doch Augen im Kopf hab. Weil ich Ohren hab. Weil ich ihr Parfum an deinen Kleidern rieche –

JUSTUS Wir sollten Mathilde aus dem Spiel lassen –

MUTTER Ah ich habe Kopfschmerzen.

GREGOR Schon wieder Kopfschmerzen?

MUTTER Meine Augen! Was ich nicht sehen darf, sehe ich. Was ich nicht hören darf, höre ich – Ah meine Ohren!

VATER Und die Nase? Hast du auch Nasenschmerzen, weil du riechst, was du nicht riechen darfst? Und deine Zunge, die vor allem, schmerzt sie auch? Weil du sagst, was du nicht sagen solltest?

MUTTER Jetzt wird's zuviel. Ich gehe, ich komme nie wieder. Ich schlaf draußen in der Gosse. Ihr werdet schon sehen, wohin ihr mich bringt. Ich bin alt. Ich mach's nicht mehr lange. Du und deine Mathilde, du und dieses Flittchen, jawohl! Die ist genau richtig für dich, was? So geil wie du bist, das stinkt schon. Diese kleine Hure, aber so ein Arsch, he? Bock!

JUSTUS Mutter lebt noch. Da bin ich mir jetzt ganz sicher.

VATER Von Mathilde will ich nichts wissen. *Er ohrfeigt Mutter.*

MUTTER Laß mich! Laß! Laß! Nein! Au! Laß mich! Hör auf!

GREGOR Trotzdem möchte ich gern wissen, wie das Schamhaar auf die Tischdecke kommt. Hört ihr wirklich keine Grillen?

JUSTUS Es müssen Tausende sein. Ein Meer. Sie stekken in allen Ritzen.

GREGOR Wirklich. Tausende. Ah wo hab ich jetzt wieder – ich bin so, ich bin so vergeßlich. Das Schamhaar. Ich kann's nicht finden.

VATER Jungs, es gibt keine Grillen mehr. Früher, da wimmelte es von Grillen, wißt ihr? Man sah sie nicht, aber man hörte sie.

GREGOR Helft mir suchen.

MUTTER Es ist unmöglich, ein einzelnes Haar auf dem Fußboden zu finden.

VATER Der Boden ist sauber –

JUSTUS Dank Mathilde!

VATER Ja. Aber ein einzelnes Haar? Mutter hat recht.

MUTTER Ich finde es schön, daß du mir auch einmal recht gibst.

GREGOR Helft mir. Mutter, es ist vielleicht das einzige Andenken an dich.

Betretenes Schweigen.

JUSTUS Ich kann nichts finden. Keine Spur von Geborgenheit. Der Fußboden ist zwar sauber – Gregor, hast du es wirklich nicht in der Hosentasche?

MUTTER Wann kommt endlich deine Reinhild?

GREGOR Sie kommt jeden Moment. *Er steckt die Hände in die Hosentaschen.* Vielleicht verspätet sie sich.

JUSTUS Sieh in den Jackentaschen nach. Es muß doch irgendwo sein.

MUTTER Der Sache muß nachgegangen werden. Ich will wissen, wie Vaters Schamhaar auf die Tischdecke kommt.

JUSTUS *zu Gregor* Du weißt, daß die Haustürklingel defekt ist?

GREGOR Defekt?

VATER *zu Mutter* Ich finde, du hättest es Gregor sagen sollen.

GREGOR Dann hänge ich eine Nachricht an die Tür.

MUTTER Wozu? Sie wird rufen, wenn niemand öffnet. Das wird sie doch kapieren, daß die Klingel defekt ist. So schlau wird sie doch sein, deine Reinhild. Setzt euch wieder an den Tisch. Heute ist Muttertag. Ich habe eine Überraschung für euch.

VATER Da sind wir gespannt. Ja, heute wollen wir Mutter ehren. Dazu gibt es schließlich den Muttertag.

GREGOR Wie willst du uns überraschen, Mutter?

MUTTER Ihr werdet es gleich sehen. – Wir wollen uns keine Gemeinheiten sagen. Wir wollen lieb zueinander sein. Wer weiß, wir sind vielleicht nicht mehr lange zusammen. Ich bin alt. Gregor, mein Kleinster. Wir wollen nicht über den Tod reden. Und nun zu der Überraschung. Gerade eben habe ich etwas gefunden – *Sie hält stolz das Schamhaar in die Runde.*

JUSTUS Das Schamhaar!

VATER Nein! – Wo war es?

MUTTER Unter dem Tisch. Vielleicht hatte es irgendwer an den Schuhsohlen kleben. Jetzt kehrt wieder Friede ein.

VATER Ich glaube, jemand ist im Garten.

GREGOR *springt zum Fenster, sieht vorsichtig hinaus.* Niemand zu sehen. Nichts. Du hast dich geirrt.

MUTTER Komm zurück, Gregor. Wirklich kein Kuchen? Du magst ihn nicht. Schmeckt er dir zu säuerlich? Ich weiß schon. Ich hab ihn nicht gemacht, darum verschmähst du ihn. Fremde Nahrung, die nimmst du nicht an, nicht wahr? Ich hätte es wissen müssen. Mathilde macht vielleicht auch einen guten Kuchen. Aber es ist nicht so wie von Mutter. Wenn die Mutter den Kuchen macht, schmeckt es anders. Ein Sohn mag natürlich lieber den Kuchen der Mutter.

REINHILDS STIMME Hallo?

Stille.

REINHILDS STIMME Hallo?

Stille.

VATER *leise* Ah! Gregors erstes Rendezvous, soso.

REINHILDS STIMME Hallo?

JUSTUS *leise* Mein Brüderchen kommt ins geschlechtsreife Alter.

VATER *leise* Justus!

REINHILDS STIMME Hallo?!

Stille.

JUSTUS Wir gönnen dir doch dein Vergnügen, Don Juan.

GREGOR Sst! Wir sind ja nur befreundet. Es ist nicht so, wie ihr denkt.

REINHILDS STIMME Hallo!!

MUTTER *halblaut* Ich habe mich in deinem guten Geschmack also getäuscht, Gregor. Ich dachte, du würdest ein Mädchen wählen, das Anstand besitzt. Daß sie wirklich am Muttertag in einer fremden Familie hereinschneit. – Ich sage ja nichts gegen sie. Ich sage nur, sie hätte ablehnen müssen.

VATER *am Fenster* Ist sie das nicht? Sie ist hübsch. Gratulation.

GREGOR Das ist sie nicht. Das ist irgendwer. Das ist nicht Reinhild. *Zuckt zurück*.

REINHILDS STIMME Hallo!?

Lange Stille. Vater und Gregor drücken sich an die Wand.

VATER *vorsichtig hinausblickend* Sie geht weiter.

GREGOR Vielleicht eine Hausiererin.

VATER Sie sieht her! *Weicht zurück.* Sie hat einen Blumenstrauß.

JUSTUS Sind es Nelken?

VATER Nein.

GREGOR Ich vermute, sie geht von Haus zu Haus und verkauft Blumen. Macht Geschäfte mit dem Muttertag. *Setzt sich.* Reinhild wird wohl nicht mehr kommen. Vergessen wir's. Ich möchte jetzt ein Stück von diesem Kuchen. Ja.

Licht aus.

3. JETZT IST DIE GANZE ATMOSPHÄRE VERGIFTET.

GREGOR Ein schönes Messer. Ein gutes Messer. *Er hat sich mit zwei leichten Schnitten ein Stück aus dem Kuchen herausgeschnitten.*

JUSTUS Es ist neu. Scharf wie eine Rasierklinge. Ein leichter Druck genügt.

MUTTER *zu Gregor* Jetzt bist du mir böse. Du trotzt. Ich habe den Kuchen nicht gebacken, und du willst trotzdem Kuchen essen. Das ist unsensibel.

GREGOR Laß mich.

MUTTER Jetzt setze keine säuerliche Miene auf.

VATER *zu Gregor* Du mußt deine Mutter verstehen.

MUTTER Ich hab den Kuchen nicht gemacht. Er wird dir nicht schmecken. Ich bin eine schlechte Mutter. Ein Sohn sollte am Muttertag von seiner Mutter erwarten können, daß sie selbst den Kuchen backt. Ich hätte es wissen müssen. Jetzt ist die ganze Atmosphäre vergiftet. Im nächsten Jahr werde ich denselben Fehler nicht noch einmal begehen. Gregor, ist sie ein nettes Mädchen, deine Reinhild?

GREGOR Bemühe dich nicht, Mutter. Es ist zu spät.

VATER Was redest du da?

GREGOR Laß mich.

MUTTER Laß ihn. Er akzeptiert mich nicht. Ich bin nicht mehr deine Mutter, nicht wahr? Weil ich den Kuchen nicht selbst gebacken habe. Ich hätte es selbst tun sollen. Ist es so?

GREGOR Und du, Mutter? Du akzeptierst mich auch nicht. Mich! Nicht nur als dein Kind, sondern mich, als – als –

VATER Als – als – als was? Als Mann, willst du sagen? Aha. Als Mann. Willst du das sagen? Das hast du doch sagen wollen, oder? Als Mann, soso. *Lacht.* So hast du es doch gemeint. Jetzt verstehe ich. Der kleine Gregor. Jetzt verstehe ich, was Justus gemeint hat. Gregor kommt ins geschlechtsreife Alter. Jetzt fällt es mir wie Schuppen von den Augen. Aha. Als Mann. Daß ich nicht lache.

GREGOR Ja, ich wollte sagen: als Mann.

VATER Du gibst es zu? Du gibst es auch noch zu? Du – und – und Mutter? Ihr beide?

MUTTER Was hast du zu sagen? Du und dein Flittchen Mathilde.

VATER Trotzdem. Das will ich jetzt aber genau wissen. Der Sache muß nachgegangen werden. Was hat das zu bedeuten; du akzeptierst ihn nicht als Mann. Was habt ihr miteinander? Gregor. Heraus mit der Sprache.

Gregor setzt das Stück Kuchen auf Vaters Teller.

VATER Wie kommst du eigentlich darauf, daß ich und Mathilde?

MUTTER Weil ich doch Augen im Kopf hab. Weil ich Ohren hab. Jetzt verstehe ich, was Justus gesagt hat. Weil ich sehe, was ich nicht sehen darf. Weil ich höre, was ich nicht hören darf. Geblökt hat sie wie ein Schaf, deine Mathilde. Darauf fährst du ab, was? Darum betrügst du mich mit ihr, weil sie blökt wie ein Schaf. Weil ich nicht blöke wie ein Schaf, findest du nichts mehr an mir.

Mutter nimmt das Messer vom Tisch. Gregor setzt ein weiteres Stück Kuchen, das er inzwischen herausgeschnitten hat, auf Justus' Teller.

MUTTER Ich hab nun mal Phantasie im Kopf. Da

spielen sich die Bilder ab, die zu deinem schäbigen Charakter passen.

VATER Ich schwöre dir, da ist nichts.

MUTTER Wie macht ihr's, he? Wie macht ihr's? So? So? Von hinten? Von vorn? Von oben? Von unten? He? Am Boden? In der Badewanne? Hinter dem Sofa? Überall, he? Auf dem Tisch da? Hast du dabei ein Schamhaar verloren? He? Das Schamhaar, das hat dich nämlich verraten. So! *Sie geht mit dem Messer auf Vater los.*

VATER Nein, ich schwöre – laß mich –

GREGOR Ich bin mir jetzt ganz sicher, daß sie noch leben.

JUSTUS Und wenn wir uns irren?

GREGOR Dann haben wir wenigstens den Muttertag nicht vergessen.

Mutter hat Vater zu Boden gezwungen und hebt das Messer zum Todesstich. Das Telefon klingelt. Mutter hält inne –

Das Telefon klingelt.

JUSTUS Gregor. Für dich.

Das Telefon klingelt zweimal.

JUSTUS Warum gehst du denn nicht ran?

GREGOR Sst!

Das Telefon klingelt.

VATER *zu Mutter* Nun stich schon zu. Worauf wartest du?

Das Telefon klingelt.

JUSTUS Willst du deine Reinhild ewig warten lassen?
GREGOR Ich glaube nicht, daß das Reinhild ist.

Das Telefon klingelt.

JUSTUS Wenn du nicht rangehst, geh ich ran. *Er geht zum Telefon, Gregor stellt sich ihm in den Weg.*
GREGOR Nein.

Das Telefon klingelt.

Es klingelt noch fünfmal. Als das letzte Klingeln verklungen ist, entwindet Vater Mutter mit geschicktem Griff das Messer und wirft es von sich. Er zwingt nun sie auf den Rücken und ohrfeigt sie. Gregor bückt sich schnell nach dem Messer und schneidet ein weiteres Stück aus dem Kuchen.

VATER So. Kommst du nun wieder zu Sinnen?
MUTTER Es tut mir leid. Liebst du mich?

Justus reißt das Telefonkabel heraus und schleudert das Gerät zu Boden.

VATER Ja. Also gut. Ich liebe dich.
MUTTER Sag mir, daß du mich wirklich liebst.
VATER Ich schwöre –
MUTTER Schwöre, daß du Mathilde haßt.
VATER Ich schwöre, ich hasse sie.

Gregor hebt das Telefongerät auf, hält den Hörer ans Ohr, läßt das Gerät zu Boden fallen.

MUTTER Sag, daß Mathilde ein Flittchen ist.
VATER Sie ist ein Flittchen.
MUTTER Schwöre, daß du nie etwas mit ihr hattest.
VATER Ich schwöre, ich hatte nie etwas mit Mathilde.

Justus räumt das Buffet ab. Alles geht in die Brüche.

MUTTER Schwöre, daß du nie etwas mit ihr haben wirst.
VATER Ich schwöre, ich werde nie etwas mit ihr haben.

Gregor kommt Justus zu Hilfe.

MUTTER Küß mich.
VATER Ich küsse dich.
MUTTER Nochmal. Hierhin. Ja. Küß mich. Überall. Ja. Küß mich. etc.
VATER Ich küsse dich ja ich küsse dich ja. *Sie fallen übereinander her.* So. So. So. So. So. So. So. etc.

Unterdessen:

GREGOR Ich mache mir Sorgen um Vater. Vielleicht stirbt er.
JUSTUS Wozu Sorgen. Die sind ganz unnötig. Sorgen verhindern überhaupt nichts.
GREGOR Trotzdem sollten wir sie warnen. Vor der Hitze.
JUSTUS Bist du verrückt?
GREGOR Ich gehe jetzt zu ihnen und sage ihnen, daß sie aufhören sollen.
JUSTUS Nichts wirst du tun. Gregor! Kannst du dich an die Pflaumenernte im letzten Herbst erinnern?

GREGOR Ich erinnere mich. Sie waren fett, die Pflaumen, und saftig und süß. Einmal saß ich im Gras und hob eine überreife Frucht auf. Das Fleisch war so weich, daß mir der Saft an den Fingern klebte.

Mutter und Vater sind fertig.

VATER So.

JUSTUS Jetzt dürfen wir sogar richtig vögeln? Morgen will ich aber den Vater spielen.

Gregor setzt das dritte Stück Kuchen auf Mutters Teller und schneidet das vierte heraus.

Mutter *bedeckt ihre Brüste.* Ich geh mich waschen. *Ab.*

VATER *zu Justus* Du sollst deine zynischen Kommentare für dich behalten.

GREGOR *ruft Mutter hinterher.* Aber daß du's weißt, Mutter! Ich kann auf dich verzichten! Ich brauche deine Liebe nicht. Wann krepierst du endlich, Scheiße! *Deutet mit dem Messer zur Tür.* Ich werd dich vielleicht umbringen eines Tages, ich tu's.

Man hört, wie Mutter im Bad kotzt.

VATER Können wir nicht aufhören damit? Hört mal, Mutter geht es nicht gut.

Gregor hat das vierte Stück Kuchen auf seinen Teller gesetzt.

GREGOR Du sei still. Wer ist schuld an dem Scheißhaufen, der meinen Namen und meine Klamotten trägt?

VATER Genug jetzt. Das reicht.

JUSTUS Sollen wir untätig vor uns hinfaulen?

Mutter kommt im Bademantel zurück, setzt sich auf's Sofa, raucht eine Zigarette. Justus eilt zu ihr, legt den Kopf in ihren Schoß.

JUSTUS Was ist mit Mathilde, Vater? Hast du sie wirklich von hinten genommen?

VATER Hör auf.

GREGOR Nein, hör nicht auf. Jetzt nicht. *Er wiegt das Messer leicht in der Hand.* Ich hab ja gesehen, wie sie in dein Zimmer gegangen ist. Nur halb war sie bekleidet, nur ein Hemdchen hatte sie an. Und wenige Minuten später kam sie heraus, und dann – ist sie in Justus Zimmer gegangen. Na? Was sagt ihr nun? Vater und Sohn haben dieselbe Geliebte. Wie findest du das, Mutter? Und du? Vater? Deine Geliebte betrügt dich mit deinem Sohn. Und du? Justus? Stell dir vor: der Schwanz deines Erzeugers in der Fotze deiner Geliebten. Ekelhaft. E-kel-haft. Hat Mathilde soviel Platz? Hat sie Platz genug für einen Vater und für einen Sohn.

Vater faßt das Tischtuch an beiden Zipfeln und hebt zum Ruck an. Die andern stürzen zum Tisch, um ihre Kuchenstücke zu retten. Als jeder seinen Teller hat, reißt Vater das Tischtuch herunter. Er legt den Eßtisch auseinander, bricht jedes einzelne Bein heraus. Schließlich zertrümmert er die Stühle.
Unterdessen:

GREGOR Ich höre was.

JUSTUS Ich höre nichts.
GREGOR Doch. Ganz deutlich –
JUSTUS Das werden die Grillen sein –
VATER So. So. So. So. So. So. etc.
MUTTER Welche Grillen? Ich kann keine Grillen hören. Grillen gibt's nicht mehr.
GREGOR Du hörst die Grillen nicht? Das ist unmöglich. Sie sind überall.
MUTTER Es gibt keine Grillen mehr. Ihr Jungen wißt nicht, was Grillen sind. Früher gab es sie noch. Es waren Tausende. Sie steckten in allen Ritzen. Jetzt sind sie ausgestorben.
JUSTUS Warum schreist du so, Mutter?
MUTTER Weil Vater diesen verfluchten Krach macht.
GREGOR Iß. Iß deinen Kuchen, Mutter.
JUSTUS Jetzt habe ich auch etwas gehört.
VATER *während er ein Stuhlbein herausreißt* Das sind die Grillen. *Lacht.*
MUTTER Aber Grillen gibt's nicht mehr. Die sind ausgestorben. Früher, da gab es noch –
JUSTUS Halt's Maul!
GREGOR Mutter!!

Mutter reißt Vater den letzten noch intakten Stuhl aus der Hand und zertrümmert ihn selbst.
Unterdessen:

VATER
Früher, da wimmelte es von Grillen. Man sah sie nicht, aber man hörte sie. Jetzt sind sie ausgestorben. Ihr Jungen wißt nicht, was Grillen sind. *Lacht.*

JUSTUS
Jajajaja! Endlich kommt es aus dir heraus, Mutter. Endlich kommt heraus, was so viele Jahre in dir unterdrückt wurde. *Klatscht.*

GREGOR Stellt euch das mal vor. Alle treiben's mit allen, am Ende treiben sie's alle zusammen. Der Vater mit dem Sohn, die Mutter mit Mathilde, beispielsweise. Wäre das nicht eine Geschichte? Oder der Vater mit Mathilde, beispielsweise, und die Mutter mit dem Sohn? Ich bin beispielsweise Mathilde – warte, so – ich habe einen schönen saftigen Arsch und prächtige Titten. Jetzt verführe ich beispielsweise, die Mutter –

GREGOR/MATHILDE *zu Mutter, die das letzte Stuhlbein herausgerissen hat* Komm, ich hab deinen Mann verführt, ich hab deinen Sohn verführt, jetzt will ich dich verführen –

MUTTER Früher? Da gab es Unmengen von Grillen. Ihr Zirpen war – beispielsweise – überall.

GREGOR/MATHILDE Zier dich nicht. Komm –

MUTTER Jedenfalls im Sommer. Jetzt sind sie, wie ihr wißt, ausgestorben.

Vater pfeift nach Justus. Der packt am Buffetschränkchen mit an. Sie schaffen es zum Fenster, um es nach dreimaligem Anlauf...
Unterdessen:

GREGOR/MATHILDE Ich hab deinen Mann, ich hab deinen Sohn, jetzt will ich dich!

MUTTER Es waren Tausende –

GREGOR/MATHILDE Küß mich –

MUTTER *schiebt ihn von sich, während das Buffetschränkchen hin und herschwingt.* Sie steckten in allen Ritzen. Es war furchtbar. Ein Meer von Grillen. Eine Plage. Ich habe nachts von ihnen geträumt –

Das Buffetschränkchen fliegt aus dem Fenster. Vater und Justus reiben sich nach schwerer Arbeit die Hände und zeigen sich den Okay-Daumen. Das Bild friert ein.
Stille. – Stille. – – Noch mehr Stille. – – –

VATER *besinnt sich* Ich steige aus.
GREGOR/MATHILDE *ruhiger* Warum? He? Da steht dein Sohn. Er ist noch nicht zu alt. Er hat noch immer zarte Haut. Mach ihn glücklich, den kleinen Justus. Mit deiner dicken Zunge –
VATER Ekelhaft.
GREGOR/MATHILDE Schieb ihm den Zeh ins Maul, laß dir was einfallen, sei kein Spießer.
VATER E-kel-haft.

Justus steckt den Daumen in den Mund, rennt hinaus.

GREGOR *während er die am Boden liegenden Kuchenstücke auf einem Teller zusammenwirft* Wer bin ich? Bin ich Gregor? – Leber, Milz – Bin ich Mathilde? Wo ist das Schamhaar? – Herz Nieren Gedärm – *Zu Vater.* Du hast mich doch genommen, weißt du nicht mehr? – Magen, die Galle auch – Von vorn, von hinten, von überall. Ich hab nunmal Phantasie im Kopf. Wie hab ich für dich geblökt. Ich habe nur für dich geblökt – *Er bietet Vater Kuchen an.* Vater, du hast mich doch genommen, oder? Bin ich jetzt zu alt? Habe ich keine zarte Haut mehr?

Vater ohrfeigt ihn, Mutter rennt hinaus.

VATER *zu Gregor* Das reicht. Wenn man dich mal in Gang gesetzt, kannst du nicht mehr aufhören, wie?

GREGOR Iß!

Vater schlägt mehrmals auf Gregor ein.

VATER Deine Phantasie, die werd ich dir aus dem Leib prügeln, deine perverse Phantasie –

Gregor zwingt Vater zu Boden, drückt ihm das Knie auf den Hals und füttert ihn mit dem Kuchen.

GREGOR Leber, so, Milz, Herz, so, Nieren, Gedärm, so, so, so, Magen, so, die Galle auch –

MUTTER *off* Iiiiiiiiihhh! *Kommt heulend herein.* Justus! Justus ist – – –

GREGOR Justus! *Rennt hinaus.*

MUTTER Er hat sich, er hat sich, mein Gott, er hat sich –

VATER Das glaube ich nicht. Das glaube ich nicht. Er hat sich? Er hat sich wirklich? Ich – mein Sohn – ist alles voll Blut? Ich kann nicht rausgehen. Das Badezimmer, die Kacheln, nicht wahr? Der Boden, alles voll Blut, nicht wahr? – So empfindet ein Vater, der seinen Sohn verliert. Das ist schwer. Ein schwerer Schicksalsschlag. So ein junges Leben. So ein junges –

Justus kommt mit einem Journal herein, liest im Stehen. Gregor geht zum Fenster, sieht hinaus.

VATER Einen Moment hab ich's wirklich geglaubt. Du hättest nicht hereinkommen dürfen, Justus. Ich war gerade drauf und dran, wie ein richtiger Vater zu empfinden. Ich hätte etwas lernen können. *Zu Gregor.* Du wärst schuld gewesen! Du mit deiner perversen Phantasie. Justus hat sich wegen dir das Leben genommen, ich meine, er hätte sich. Die Liebe zum Vater, der Ekel vor dem Vater. In meinem gerechten Leid hätte ich ohnmächtig vor Wut alles niedergemetzelt. Deine Mutter, dich, dann mich selbst, ich hätte ein Blutbad angerichtet, vor dem die Reporter erblaßt wären –

JUSTUS *kaum von seinem Journal aufblickend* Und wer wäre übriggeblieben? – Ich. Allein. Nein, danke.

Mutter *zu Vater* Du lügst. Du hast genau gewußt, daß Justus blufft. Du und Amokläufer –

Gregor hebt das Messer vom Boden auf.

MUTTER – lächerlich.

JUSTUS Na. Ich hätte ihm auf's Grab gespuckt. Nur schade um Gregor und dich, Mutter, ihr hättet wahrlich einen schönen Tod gehabt.

MUTTER *zu Gregor, der wieder aus dem Fenster sieht, das Messer in der Hand* Siehst du wieder aus dem Fenster?

GREGOR Ich sehe hinaus in die Welt, die du mir verwehrst.

MUTTER Du sollst unsere Beziehung nicht analysieren, Dummchen, das schadet der Qualität des Dialogs.

VATER Mutter hat recht. Ich kann diese Psychoscheiße nicht mehr hören.

MUTTER Sei du ganz still. Sei du ganz still.

JUSTUS Wo steckt eigentlich Mathilde?

MUTTER Ich hab sie, glaub ich, auf ihr Zimmer geschickt.

VATER Heute am Muttertag?

MUTTER Gerade heute, am Muttertag. Heute ist Muttertag, da müssen Sie nicht arbeiten, Mathilde. Das hab ich gesagt. Ja.

GREGOR *immer noch am Fenster* Ihr seid alle ein bißchen verrückt, nicht wahr? – Früher ging mir meine Familie über alles.

JUSTUS Soll ich nachsehen, ob Mathilde auf ihrem Zimmer ist?

MUTTER Nein. Am Muttertag wollen wir ganz unter uns sein. Ich habe Kopfschmerzen.

JUSTUS Das kommt von der Hitze. Oder von den Grillen.

MUTTER Es gibt keine Grillen mehr. Früher gab es noch Grillen. Jetzt sind sie ausgestorben.

JUSTUS Es könnte doch sein, daß das Gehör im Alter nachläßt. So daß bestimmte Tonfrequenzen nicht mehr wahrgenommen werden.

VATER Ich finde es nicht schön, daß ihr uns so zum alten Eisen schieben wollt. Es gibt Wichtigeres als Grillen.

MUTTER Ich habe euch beide gleich lieb. Ich mache keine Unterschiede. *Sie wühlt in den Scherben.* Da ist ja ein Gedeck zuviel.

JUSTUS *zu Gregor, der immer noch am Fenster steht* Wann kommt endlich deine Freundin Reinhild?

MUTTER Und was ist das? Sieht aus wie ein Schamhaar.

Mutter setzt sich auf die Bank, betrachtet das Haar im Licht. Justus setzt sich zu ihr.

JUSTUS Woher kommt denn das Schamhaar?

Er betrachtet das Haar. Vater setzt sich dazu, nimmt das Haar, hält es ins Licht.

VATER Es ist ganz vergilbt. Wie von der Sonne ausgebleicht.

Stille. – Stille. – – Stille. – – – Bis Gregor das Messer aufs Fensterbrett legt, sich zu den andern setzt, das Haar nimmt und ins Licht hält.

GREGOR Vielleicht ist es von Mathilde?
JUSTUS Ich weiß nicht. Ich habe keinen besonders guten Kontakt zu Mathilde –
REINHILDS STIMME Hallo?

Stille.

REINHILDS STIMME Hallo? – Hallo! – Hallo!? – Hallo? – Hallo-o! – Hallo? Hallo-ho! – Hallo! – Hallo? *etc.*

Licht langsam aus.

Mordslust

PERSONEN

DIETER
NORMA
JÖRG
SONJA/WALTRAUD
MUTTER
VATER
POLIZIST/GEORGE
JUNGE

1. DER FRÜHLING IST DIE ZEIT DER ERWARTUNG

Einfamilienwohnhaus in einer Kleinstadt. Hinten links die Eingangstür, rechts daneben steht ein geräumiger Schrank. An der linken und rechten Seitenwand je eine Tür zu den übrigen Räumen. Links ist auch das Fenster zum Vorgarten, es steht offen. In der Nähe des Fensters ein Sofa. Rechts vorn die vierteilige Sitzgruppe mit Esstisch. Ein Bügelbrett. Die Kirchturmuhr schlägt zehn. Im Vorgarten singt eine Amsel. Norma bügelt. Dieter liest Zeitung.

NORMA Es ist Frühling. In einem Journal habe ich gelesen: Der Frühling ist die Zeit der Erwartung. Etwas liegt in der Luft. – Das spüre ich auch.

DIETER Ich spüre nichts. Ich habe für so etwas keine Empfindung. *Liest.* Messerstecherei auf offener Straße. Da hat einer seine Verlobte in den Hals gestochen wegen Eifersucht.

NORMA Ist sie tot?

DIETER *liest* Nein. Aber sie wird nicht mehr sprechen können.

NORMA Worüber?

DIETER *liest* Elektrischer Bohrschrauber, 12 Volt, stufenlos regulierbar von null auf sechshundert Umdrehungen pro Minute. Schnellspannbohrfutter und Wechselakku neunundneunzig Mark. - Wäre das nicht ein Geschenk für unseren Jörg?

NORMA Wozu braucht unser Jörg einen elektrischen Bohrschrauber? Für seine Mutterliebe genügt ein einfacher Schraubenzieher. Andererseits, wenn er mal etwas Richtiges bauen will? Kannst du ihm deinen Bohrschrauber nicht ausleihen? Später erbt er sowieso die Werkstatt.

DIETER Später? Wenn ich tot bin also.

NORMA Das habe ich nicht gesagt. Aber vielleicht habe ich es gedacht? - Ich habe deine Hemden gebügelt.

DIETER *liest* Da hat wieder einer von der Autobahnbrücke heruntergeschossen. Drei Tote. Blechschäden. Sie haben den Täter gleich gefasst. Sechzehn Jahre alt ist er.

NORMA Warum hat er es getan?

DIETER Er ist durchgedreht.

NORMA In der Zeitschrift »Eltern & Kind« wird ein Buch empfohlen über Liebe, Sexualität und Verantwortung. Die Jugend braucht heutzutage Orientierungshilfen. Warum schenken wir dieses Buch nicht unserem Jörg zum Geburtstag, wo er doch jetzt ein Mädchen hat?

DIETER Davon will ich nichts wissen. Mit diesem Mädchen ist sein Vater nicht einverstanden.

NORMA Wer ist sein Vater?

DIETER Ich. Das bin ich. *Liest.* Jugendzimmer »Junior«, Kleiderschrank, Schreibschrank, Bettkastenschrank, Schrankbett, Anbauschrank, siebzehnhundertneunundachzig Mark. Raubüberfall auf Supermarkt, junger Metzgergeselle köpft Kassiererin.

NORMA Ist sie tot?

DIETER Steht nicht hier. - Mann von Ehefrau vergiftet.

NORMA Wie hat sie es gemacht?

DIETER Warum willst du das wissen?

NORMA Ich habe deine Hosen gebügelt. - Du wirst staunen, wenn ich dir sage, was es heute zu essen gibt. Da wirst du Augen machen.

DIETER Was gibt es denn?

NORMA Du mußt schon raten.
DIETER Schweinebraten.
NORMA Richtig.
DIETER Ich staune. - Wo steckt eigentlich unser Sohn? Wenn ich nur wüßte, wo er steckt. Ich habe den Jungen heute noch gar nicht in Augenschein genommen. Er wird doch nicht? Diese, diese. Ich will mir den Namen nicht merken.
NORMA Waltraud?
DIETER Eben die. Die wird ihn doch nicht. Die wird doch nicht mit unserem Sohn.
NORMA Ich weiß gar nicht. Ich weiß gar nicht, worauf du anspielst.
DIETER Es ist Frühling. Der Frühling ist eine gefährliche Zeit. Der Trieb regt sich im Mann, wenn die Blumen sprießen.
NORMA Jetzt?
DIETER Nicht in jedem Mann.
NORMA Ich habe die Taschentücher gebügelt.
DIETER Ich muß mit meinem Sohn ein ernstes Wort reden. Das gehört auch zu den Pflichten des Vaters. *Zu sich.* Die ganze Natur ist auf Begattung aus. Jeder Hund besteigt jetzt seine Hündin.
NORMA Du wirst staunen, wenn ich dir sage, wer heute morgen hier war.
DIETER Wer war denn hier?
NORMA Du mußt schon raten.
DIETER Deine Mutter.
NORMA Nicht richtig.
DIETER Dein Vater.
NORMA Die Polizei.
DIETER Wieviele waren es?
NORMA Nur einer. Er wollte unseren Jörg mitnehmen.

DIETER *liest* Ein echtes Glanzstück, diese extravagante Sitzgruppe in Buche schwarz lackiert. Abgesetzt mit Wurzeldekor. Hochlehnstühle mit fester Sitzpolsterung. Ovaler Tisch ausziehbar mit Einlage?

NORMA Beim Bäcker ist gestern eingebrochen worden. Die jugendlichen Täter sind von der Bäckerstochter auf frischer Tat ertappt worden wupps! - haben sie das arme Mädchen umgelegt. Jetzt sind sie flüchtig.

DIETER Die Bäckerstochter? Die junge mit den großen -

NORMA Titten?

DIETER Die hatte doch Fleckfieber.

NORMA Was das für die Eltern bedeutet. Wenn aus den Kindern Verbrecher werden.

DIETER Davon will ich nichts wissen. Wenn Eltern solche Kinder in die Welt setzen.

NORMA Da versuchen sie, aus den Sprößlingen funktionierende Mitglieder zu machen. Und dann das.

DIETER Seit Jahre predige ich, daß die Todesstrafe wieder eingeführt werden soll. Wenn alle Verbrecher aus der Welt sind, gibt es keine Verbrechen mehr.

NORMA Ein Passant hat den Vorfall in der Bäckerei beobachtet. Und seine Beschreibung des einen Täters paßt genau auf unseren Jörg. Diese - diese Waltraud soll auch dabeigewesen sein. Mitgegangen - mitgehangen.

DIETER Habe ich richtig gehört? Hat meine Frau gerade »Titten« gesagt?

NORMA Sie hat »Titten« gesagt.

DIETER Man soll nicht von mir behaupten, daß ich meine Frau schlage.

NORMA Wer ist deine Frau?

DIETER Du. Das bist doch du. – Unser Jörg steckt mitten in der Pubertät, da hat man Flausen im Kopf, oh ja, die hat man. Aber um einen Menschen umzulegen - dazu gehört eine gehörige Portion Kriminalität. Das hat etwas mit den Genen zu tun.

NORMA Ich habe deine Unterwäsche gebügelt. – Wer weiß, vielleicht legt unser Jörg eines Tages seine Eltern um?

DIETER Wer sind seine Eltern?

NORMA Wir. Das sind wir.

DIETER Davon will ich nichts wissen.

NORMA Es ist Frühling. Die Blumen sprießen. Es liegt etwas in der Luft.

DIETER Mein Sohn hat vielleicht Grund, seine Mutter umzulegen. Die Mutter-Sohn-Beziehung ist hochkompliziert. Aber er hat nicht den geringsten Grund, seinen Vater umzulegen. An Silvester haben wir Knallfrösche in die Luft gejagt. Das stimmt. Ich war ihm ein guter Vater. Warum sage ich: Ich war?

NORMA Aber der Vater ersetzt nicht die Mutter.

DIETER Wer ist die Mutter?

NORMA Ich. Das bin ich. – Ein Kind, das ohne Vater aufwächst, hat mehr Überlebenschancen als ein Kind, das ohne Mutter aufwächst. Laut Statistik werden vaterlose Kinder seltener alkoholabhängig als mutterlose Kinder. Das habe ich in der Zeitschrift »Mutter & Kind« gelesen.

DIETER Ein Kind braucht sowohl den Vater als auch die Mutter, laut Statistik in der Zeitschrift »Eltern & Kind«. Und eine dritte Statistik besagt, daß mutterlose Kinder seltener sexsüchtig werden als vaterlose Kinder. Das kannst du in der Zeitschrift

»Vater & Kind« nachlesen. Ein Kind ohne Vater verkümmert. Wie diese, diese.

NORMA Waltraud?

DIETER Davon will ich nichts wissen. Seit ihr Vater hinter Gitter gewandert ist und seine Familie im Stich gelassen hat, nimmt das Mädchen keine gute Entwicklung. Die Mutter hat sich von einem zwielichtigen Tschechen schwängern und sich das Kind wegmachen lassen. So eine ist in meinen Augen eine Hure. Daß sich das Töchterchen dieser Hure nun an meinen Sohn heranmacht, weckt ein ungutes Gefühl in mir. Eine schlampige Göre ist diese Waltraud, ein verkommenes Ding. Dabei könnte alles so schön sein. Wenn der Sohn auf seinen Vater hören würde, würde er mit der kleinen Sonja etwas anfangen.

NORMA Sonja hat ein sonniges Gemüt. Sie ist bei den Jesus-Singers.

DIETER Stattdessen, was tut er? Hängt sich an das verwahrloste Mädchen. Andererseits, die Jungen müssen wohl auch die dunklen Seiten des Lebens kennenlernen.

NORMA Ich habe deine Krawatten gebügelt.

DIETER Vielleicht stellt sich heraus, daß nicht diese Waltraud einen schlechten Einfluß auf unseren Jörg ausübt, sondern mein Sohn einen heilenden Einfluß auf das Mädchen.

NORMA In einer Zeitschrift habe ich gelesen, daß die Frau mehr Einfluß auf den Charakter des Mannes hat als der Mann auf den Charakter der Frau. Und jetzt? Ist unser Jörg unter dem Einfluß des verwahrlosten Mädchens vielleicht straftätig geworden.

DIETER Davon will ich nichts wissen.

NORMA Dabei könnte alles so schön sein.
DIETER Womöglich ist er dieser Waltraud ergeben?
NORMA Was heißt das?
DIETER Untertan.
NORMA Wie?
DIETER Sexuell hörig.
NORMA Ich weiß gar nicht. Ich weiß gar nicht, wovon du sprichst.
DIETER Und ich darf gar nicht daran denken, wie mein Sohn sich in die junge Scham dieses leichten Mädchens begibt. Ganz die Selbstkontrolle verliert und den Verstand. Das Animalische in ihm durchbricht unter den Anfeuerungsrufen der kleinen Dirne – – – Ich werde ihm diese unselige Leidenschaft austreiben und sei es mit einer Tracht Prügel.
NORMA Er ist doch noch ein Kind.
DIETER In seinem Alter ist die Sexualität schon erwacht. Kürzlich wollte er sich meinen Rasierapparat ausleihen.
NORMA Dabei könnte alles so schön sein.
DIETER Solange er seine Füße unter meinen Tisch stellt. Ich habe mein Bestes gegeben. Das stimmt. Unter vier Augen, in einem vertrauten Zwiegespräch von Vater zu Sohn, habe ich ihn in die Geheimnisse des männlichen Geschlechtsteils eingeweiht. In unserer Familie kann offen über alles geredet werden
NORMA Was hast du?
DIETER Mir war gerade so, als hätte mir jemand einen eiskalten Atem ins Gesicht geblasen.

Es klingelt.

NORMA Wer kann das sein?

DIETER Deine Mutter?
NORMA Mama?
DIETER Dein Vater.
NORMA Das glaube ich nicht.

Es klingelt.

DIETER Norma?
NORMA Ja?
DIETER Ich frage mich, in welchen Zeiten leben wir eigentlich, daß sich der Vater fürchten muß vor dem eigenen Sohn?

Es klingelt.

2. DABEI KÖNNTE ALLES SO SCHÖN SEIN

Sonja und Jörg (mit Gitarre) betreten in heiterer Ausgelassenheit den Raum durch die Küchentür.

Es klingelt.

SONJA Ich werde dich schon noch überreden...
JÖRG Nein nein...
SONJA Du wirst schon sehen...

Im folgenden verspeisen Dieter, Norma, Sonja und Jörg den ganzen Schweinebraten, den Norma aufträgt.

DIETER Wozu willst du unseren Jörg denn überreden?
SONJA Daß er uns im Jugendgottesdienst auf seiner Gitarre begleitet.
JÖRG Sonja ist nämlich bei den Jesus-Singers.
SONJA Eigentlich singen wir a capella, aber wenn Jörg uns auf seiner Gitarre begleiten würde, wären wir unschlagbar.
JÖRG Chanson d'amou-ou-our – ratatatatatatatatam.
NORMA Ich glaube, ich werde mindestens zehn Taschentücher brauchen.
DIETER *zu Jörg* Das wäre doch eine gute Gelegenheit, dein Können einmal unter Beweis zu stellen.
SONJA Wir würden zusammen vor dem Altar stehen.
NORMA Ich glaube, ich werde fünfzehn Taschentücher brauchen.
SONJA Ich werde dich schon noch überreden...
JÖRG Nein nein...

Es klingelt.

SONJA Bitte.
DIETER Kann mein Sohn im Ernst einer so reizenden jungen Dame –
JÖRG Ich werd es mir überlegen.

Allgemeiner Applaus.

DIETER Norma, dein Schweinebraten ist das Köstlichste, was jemals eine Frau ihrer Familie angetan hat.

Es klingelt.

SONJA Was sind denn da für Gewürze drin? Wäre es wohl möglich, daß ich mir das Rezept einmal ausleihen könnte?
DIETER *zu Jörg* Frauen unter sich.
SONJA Überhaupt möchte ich gern alle Ihre Rezepte ausleihen.
DIETER *zu Jörg* Was meinst du? Jagen wir an Silvester wieder Knallfrösche in die Luft?

Es klingelt.

JÖRG Ja gern.
NORMA Jetzt bin ich aber gespannt, was Sonja uns für ein Geschenk mitgebracht hat.
Sonja Es ist nur eine Kleinigkeit.
DIETER Das wäre aber doch nicht nötig gewesen. *Zu Jörg.* Deine Sonja, die weiß, was sich gehört.
JÖRG Sonja weiß eben, was sich gehört.
NORMA Ein Schal!

JÖRG Sonja hat ihn selbst gehäkelt.

Es klingelt.

SONJA Jetzt brauchen Sie ihn noch nicht. Aber der nächste Winter kommt bestimmt.
NORMA Das ist lieb von dir.
SONJA George – *Sie trinkt.*

Es klingelt.

DIETER Wer ist George?
NORMA Was?
DIETER Wer zum Teufel ist George?
NORMA George ist der Jugendgruppenführer.
DIETER Der Glattrasierte?
JÖRG Der aussieht wie ein polierter Kinderpopo.
NORMA Jörg!
SONJA Soll er vielleicht mit einem Vollbart herumlaufen?
JÖRG Daß er aussieht wie Jesus auf Golgatha.
NORMA Jörg!
DIETER *zu Jörg* Vielleicht solltest du dir einen Vollbart wachsen lassen? Vielleicht mag Sonja Vollbärte?
JÖRG Das wäre aber doch ein komisches Gefühl, mit Jesus im Bett.

Vier vertiefen sich wieder in den Schweinebraten.

JÖRG Entschuldigung.
SONJA Oh George ist ein wunderbarer Mensch. Er ist eine echte Identifikationsfigur für uns Jugendliche.

NORMA Ich finde, Jörg, du mußt dich über Sonjas Jugendgruppe nicht lustig machen.
JÖRG Ich habe mich ja schon entschuldigt.
SONJA *zu Jörg* George möchte dich so gerne kennenlernen.

Es klingelt.

JÖRG Also gut. Ich werd mir den Burschen mal ansehen.

Allgemeiner Applaus.

SONJA George hat so viel Erfahrungen in seinem Leben gemacht und war mal ganz unten. Er war alkoholabhängig und sexsüchtig. Aber irgendwann hat er zu sich gesagt: Jetzt ist Schluß damit. In Wahrheit war es aber nicht seine eigene Stimme, die das zu ihm gesagt hat. George behauptet, es war die Stimme Jesu. Jetzt schreibt er Gedichte über die Saulus-Paulus-Erfahrung. Sie dürfen es aber niemandem weitersagen.
DIETER Ich bin verschwiegen wie ein Grab. – Warum sage ich: Ich bin verschwiegen wie ein Grab?

Es klingelt.

NORMA Das ist nur so eine Redensart,
SONJA Ich muß mal für kleine Mädchen. *Ab.*
DIETER Junge, deine Sonja, die ist Spitze du.
JÖRG Papa, ich muß mit dir reden.
DIETER Für meinen Sohn habe ich immer ein offenes Ohr.
NORMA Mut, Jörg, Mut. Frei von der Leber weg.

DIETER Aha? Die Mama ist schon in alle Geheimnisse eingeweiht?
NORMA Einer Mutter entgeht nichts.
DIETER Also schieß los ?
JÖRG Sonja und ich, wir mögen uns und. Wir möchten gerne heiraten.
DIETER Heiraten?
JÖRG Weil wir haben nämlich einmal nicht aufgepaßt und. Papa, Sonja erwartet ein Kind.
DIETER Nicht aufgepaßt?

Es klingelt.

JÖRG Sonja und ich und Mama, wir haben uns also gedacht. Weil doch in diesem Haus die oberen Räume leerstehen und. Da haben wir uns gedacht, daß wir doch bei euch wohnen könnten.
DIETER Wohnen.
JÖRG Nach dem Abitur werde ich ohne Verzug den Militärdienst absolvieren und sogleich mit dem Studium beginnen. Ich glaube, als Rechtsanwalt verdiene ich dann genug, um meine Familie zu ernähren.
DIETER Rechtsanwalt?

Es klingelt.

NORMA Du hast richtig gehört.
JÖRG Aber um das Studium und das Kind und Sonja zu finanzieren, wäre es doch gut, wenn ihr mir die Erbschaft, die ich von Oma zu erwarten habe, schon im voraus ausbezahlt.
DIETER Erbschaft? Im voraus?
NORMA Was soll das Geld auf dem Bankkonto, wenn unser Jörg es jetzt braucht?

Sonja kommt zurück.

SONJA Ist schon eine Entscheidung gefallen?
NORMA Das letzte Wort ist noch nicht gesprochen –

Alle sehen Dieter an. Er klopft mit dem Löffel ans Weinglas.

DIETER Da draussen in der Welt, da ist viel Übel, Leid, Verzweiflung und Schmerz. Menschen sterben, werden ermordet, gefoltert, verbrannt, zerfetzt im Hagel der Bomben. Es scheint, als wäre ein Menschenleben keine Gänsefeder mehr wert. Die unschuldigsten Wesen – Kinder – sind Opfer...

Es klingelt.

DIETER ...von grausamer Mordlust und Perversion. Mütter weinen um ihre Söhne, Väter verlieren den Verstand. Überall da draussen herrschen Krieg, Gewalt, Zerstörungswut und Haß. Ja - es scheint, daß der Teufel die Weltherrschaft übernommen hat. Die meisten Menschen haben verlernt, miteinander zu reden und in Frieden zu leben. Seien wir heute deswegen froh, daß wir in unserem kleinen Heim glücklich sein dürfen und etwas zu feiern haben. Laßt uns also in aller Bescheidenheit von dem Tisch essen, den uns ein wohlgesonnenes Schicksal so reichlich gedeckt hat, und trinken wir auf die Verlobung von unserem Sohn und diesem Mädchen hier, das wohl jeder Vater liebend gern als seine Schwiegertochter in den Arm nehmen würde.

Allgemeiner Applaus.

NORMA Ich glaube, ich brauche schon jetzt ein Taschentuch.
JÖRG Ich kann gar nicht sagen –. *Jörg klopft mit dem Löffel ans Apfelsaftglas.* Ich kann gar nicht sagen. . .

Es klingelt.

JÖRG . . .wie froh ich bin, daß ihr meine Eltern seid. Ihr habt mich ernährt und großgezogen. Ich möchte, daß ihr wißt - ich werde euch immer dankbar sein für das Leben, das ihr mir geschenkt habt. - Das war's, was ich euch sagen wollte.

Sie stoßen an.

NORMA Schwiegertochter –
SONJA Schwiegermutter –
DIETER Schwiegertochter –
SONJA Schwiegervater –
DIETER Norma –
NORMA Dieter –
JÖRG Sonja –
SONJA Jörg –

Es klingelt.

NORMA Jörg –
JÖRG Mama –
JÖRG Papa –
DIETER Mein Sohn.

Das Ritual kann beliebig oft wiederholt werden.

SONJA Wenn es ein Junge wird, wollen wir ihn Jörg-Dieter nennen.

NORMA Die obere Etage wird neu ausgebaut. Die linke Wand im Flur reißen wir heraus, um den Lebensraum zu vergrößern. Mein Gott, wir werden das Haus voller Handwerker haben.

DIETER Was wir selbst machen können, machen wir selbst. Wozu haben wir eigentlich die Werkstatt? *Zu Jörg.* Jetzt kannst du zeigen, was du gelernt hast.

Die folgenden Kommentare kommen vom Tonband.

SONJA *off* Die Sitzgruppe muß raus, Die Tischdecke ist scheußlich.

Es klingelt.

NORMA *off* Und wenn es ein Mädchen wird?

JÖRG *off* Papa hat sich noch nicht eindeutig zu Omas Erbschaft geäußert.

DIETER *off* Ich darf gar nicht dran denken. Wie mein Sohn sich in die junge Scham dieses Mädchens...

NORMA *off* Im Geldausgeben ist sie bestimmt gut.

SONJA *off* Sie machen's vielleicht nicht mehr lange.

JÖRG *off* Dieser George. Er wird doch nicht. Er wird doch nicht mit Sonja.

NORMA *off* Warum sagen sie denn nichts zu meinem Braten?

JÖRG *off* Wenn ich sie dabei erwische.

DIETER Dein Braten, Norma, dein Braten!

Es klingelt.

NORMA Ach was. Es ist Frühling. Der Frühling ist die Zeit der Erwartung.

SONJA Ich werde Mutter sein.
JÖRG Und ihr werdet Oma und Opa. Wir wollen unserem Kind nur Gutes von euch erzählen.

JÖRG *(mit Gitarre) nimmt Sonja an die Hand und geht mit ihr durch die Küchentür ab.*

Es klingelt.

NORMA Wer kann das sein?

DIETER Warum machst du nicht auf?
NORMA Ich frage mich, in welchen Zeiten leben wir eigentlich, daß die Eltern sich fürchten müssen vor dem eigenen Kind.

3. IST DAS DER VATER?

Es klingelt.

NORMA Vielleicht ist es die Polizei?
DIETER Davon will ich nichts wissen.

Norma öffnet. Draußen steht der Polizist. Er zeigt eine Mütze vor.

POLIZIST Kennen Sie diese Mütze? *Zeigt auf Dieter.* Ist das der Vater? *Zu Dieter.* Diese Mütze wurde am Tatort gefunden. Gehört diese Mütze Ihrem Sohn?
DIETER Das ist absurd.
POLIZIST Alle Anzeichen weisen darauf hin. - Ihre Frau hat Sie doch informiert?
DIETER Ich befürchte, wir können Ihnen nicht weiterhelfen.
POLIZIST Diese Mütze ist vielleicht die Mütze eines Mörders.
DIETER Eines – Mörders? Norma? Kennst du diese Mütze? Gehört diese Mütze unserem Sohn? Das tut sie nicht. Nicht wahr? Sie gehört doch nicht unserem Sohn.
NORMA Nein.
POLIZIST Verstehe. – Die Mütze lag bei der Leiche des Mädchens. Sehen Sie? Blut. Das Mädchen ist gerade erst achtzehn geworden. Achtzehn.
DIETER Ich befürchte, wir können Ihnen nicht weiterhelfen.
POLIZIST Es hat die Führerscheinprüfung im ersten Versuch bestanden. Mit Bravour. Der Fahrlehrer war zufrieden mit ihr. Sie war willig. Jetzt ist sie

tot. - Wir haben inzwischen herausgefunden, daß das Mädchen und ihr Verlobter bereits den Bausparvertrag abgeschlossen hatten.

DIETER Das ist tragisch.

POLIZIST Das junge Glück sollte nicht von Dauer sein. Der Verlobte des Mädchens mußte in die Psychiatrische eingeliefert werden. Pausenlos redet er wie von einem inneren Drang getrieben.

NORMA Also...

DIETER Ich befürchte, wir können nicht weiterhelfen.

POLIZIST »Ich will zu meiner Verlobten. Ich will zu meiner Verlobten. Ich muß doch rechtzeitig zur Hochzeit bei ihr sein.«

NORMA Also...

POLIZIST Ist das die Mütze Ihres Sohnes oder ist sie das nicht.

NORMA Also...

DIETER Es tut uns leid. Aber wir können Ihnen leider nicht weiterhelfen.

POLIZIST Verstehe. – Wissen Sie, als ich ein Knabe war wie Ihr Sohn, da habe ich Tiere gequält. Kleine Eidechsen. Einmal habe ich ein Eidechsenpärchen in ein leeres Marmeladenglas gesetzt und zugesehen, wie Eidechsen Liebe machen. Ich war fasziniert. Noch während sie es getrieben haben, habe ich den Schraubverschluß zugedreht. Es dauerte nicht lange, da lagen sie auf dem Rücken.

NORMA Warum erzählen Sie das?

POLIZIST Ein Polizeipsychologe hat mich später darüber aufgeklärt, daß ich mit den Eidechsen symbolisch meinen Vater und meine Mutter erstickt habe. – Ich empfehle mich. *Er vergißt die Mütze und geht ab.*

NORMA Glaubst du, daß unser Sohn so etwas auch mit uns machen würde?

Jörg steigt durch das Fenster ein. Er setzt sich an den Tisch und lädt die Maschinenpistole.

JÖRG *zu Norma* Dein Schweinebraten riecht! Wann ist er denn fertig? Ich kann's kaum erwarten. - Was habt ihr denn?

DIETER Es gehört auch zu den Pflichten des Vaters, einmal unmißverständliche Töne anzuschlagen. Was ich fragen will –

JÖRG Schieß los.

DIETER Das ist doch nicht deine Mütze?

Jörg setzt die Mütze auf.

NORMA Natürlich ist es seine Mütze. Du hast sie ihm doch aus der Stadt mitgebracht.

DIETER Davon will ich nichts wissen. – Ich habe gewußt, daß mein Sohn unschuldig ist.

NORMA Er hat nicht gesagt, daß er unschuldig ist. *Zu Jörg* Die Bäckerstochter ist nämlich umgelegt worden. Ein Passant hat im Vorbeigehen den Vorfall beobachtet und seine Beschreibung des einen Täters passt genau auf unseren Sohn.

JÖRG Wer ist euer Sohn?

NORMA Du. Das bist du.

JÖRG Und wenn schon.

NORMA Diese Mütze hat man am Tatort gefunden im Blut des Opfers. Und da haben dein Vater und ich uns gedacht. . .

DIETER Wenn mein Sohn so etwas angestellt hätte,

würde er offen vor seinen Vater treten und frei heraus gestehen: Vater, ich habe ein Menschenleben auf dem Gewissen. – Du unterstellst unserem Sohn Dinge, die ich nicht im Traum für möglich halten würde.

JÖRG Warum ladet ihr Waltraud eigentlich nicht zum Essen ein? Ihr mögt sie nicht. Gebt es wenigstens zu.

DIETER Wir kennen deine Waltraud ja gar nicht.

NORMA Sie ist nur...

DIETER Wir werden uns hüten, über einen Menschen zu urteilen, den wir nicht kennen.

NORMA Deine Waltraud und du. Ich möchte sagen – mögt ihr euch? Habt ihr es schon miteinander getrieben?

JÖRG Natürlich.

DIETER Jetzt ist es an der Zeit, einmal einen unmißverständlichen Ton anzuschlagen.

JÖRG Vater – ich habe ein Menschenleben auf dem Gewissen.

DIETER Habe ich richtig gehört? Hat meine Frau gerade ihren Sohn gefragt, ob er es mit seiner Freundin getrieben hat?

NORMA Das hat sie gefragt.

DIETER Wer ist sie?

NORMA Ich. Das bin ich.

JÖRG Ich sage es noch einmal. Ich habe einen Menschen ermordet.

DIETER Umgelegt?

JÖRG Es war ganz einfach. Ich werde vielleicht noch viele Menschen ermorden.

NORMA Umlegen?

DIETER Das ist absurd. Unser Sohn würde nie –

NORMA Wer ist unser Sohn?

DIETER Er. Das ist er.

JÖRG Die Statistiken sagen, es dauert im Durchschnitt fünf bis sechs Jahre, bis der Mörder nach der Tat wieder ruhig schlafen kann. Das ist nicht richtig, so eine Erfindung von der Justiz, damit man sich's dreimal überlegt, bevor man jemanden umlegt. Nie zuvor habe ich so gut geschlafen wie heute Nacht.

NORMA *zu Jörg* Ich liebe dich.

DIETER Natürlich. Sonst hättest du mich nicht geheiratet.

JÖRG Mich hat die Mordlust gepackt.

DIETER Davon will ich nichts wissen.

JÖRG Vater, ich bin nun erwachsen geworden. Ich lasse mir von euch keine Vorschriften mehr machen. Verdammt. Ich kann das Leben mit euch nicht mehr ertragen. Jeder Tag bringt annähernd dasselbe Einerlei. Das ist so sinnlos. – Seit gestern, seit ich zum ersten Mal von der Waffe Gebrauch gemacht habe, hat diese Existenz eine neue Qualität erreicht. Im Moment des Tötens habe ich mich gefühlt wie ein Gott. Es war großartig. Die Langeweile meines Lebens war wie weggeblasen. – Und jetzt? Jetzt kann ich nicht mehr zurück. Waltraud sagt, man muß mindestens einmal am Tag einen Menschen umlegen, sonst kommt wieder Langeweile auf.

NORMA Ich gehe und hole den Schweinebraten. *Ab.*

JÖRG Melancholie, grundloser Schmerz, innere Leere, Trübsinn, Langeweile. Du hörst mir doch zu? Dein Sohn hat den Halt verloren. Er hat keinen Boden mehr unter den Füßen gehabt. Alles ist ihm aus den Fugen geraten. Gestern, mit dieser Waffe, hat er sich befreit.

DIETER Wer ist er? Wer ist mein Sohn?

JÖRG Ich. Das bin ich. – Du verstehst mich ja doch nicht. Mit Waltraud ist es anders. Waltraud versteht mich.

Norma trägt den Braten auf.

JÖRG Ihr dagegen seid borniert, abgestumpft, gleichgültig. Euer Leben ist leer, lustlos, langweilig. Ihr seid umsonst auf dieser Welt.

NORMA Es ist Frühling. Der Frühling ist die Zeit der Erwartung. Es liegt etwas in der Luft. Zu Tisch!

JÖRG Vater, du hast ein Geschöpf hineingesetzt in diese Welt. Das war unverantwortlich. Dieses Geschöpf bittet dich nun, daß du es wieder herausbeförderst aus der Welt. Aber dazu bist du zu schwach. *Er überreicht Dieter die Maschinenpistole.* Du mußt hier drücken.

Dieter legt die Maschinenpistole weg.

DIETER Ich bin glücklich, daß mein Sohn geständig ist. Ich habe es nicht anders erwartet. In unserer Familie hat immer Offenheit geherrscht. Das stimmt. Essen wir.

JÖRG Ich hab's gewußt. Mein Vater ist ein Versager. *Er beginnt, den Schweinebraten in seine Jackentaschen zu stopfen.*

NORMA Willst du nicht mit uns essen? Heute hängt der Haussegen schief. Was ist aus uns geworden. Wir haben doch immer zusammen bei Tisch gesessen. Wir haben doch immer zusammen gegessen. Andererseits – die Nachbarskinder sind auch schon aus dem Haus. Trotzdem – ein bißchen Gemeinsamkeit.

JÖRG Ich brauch Verpflegung für Waltraud und mich. Wenn ihr sie nicht zum Essen einladet, lade ich sie eben ein.
DIETER Unser Sohn weiß eben, was sich gehört.
NORMA Draussen in der Natur schmeckt es sowieso besser.
JÖRG Ich geh Bier holen.
NORMA Im Keller.

Jörg ergreift die Maschinenpistole und geht ab in den Keller. Es klingelt.

NORMA Wer kann das sein?
DIETER Deine Mutter? Dein Vater?
NORMA Es wird doch nicht diese Waltraud sein?
DIETER Davon will ich nichts wissen.

Norma öffnet. Der Polizist steht in der Tür.

POLIZIST Wo ist sie?
DIETER Wo ist wer?
POLIZIST Ich habe die Mütze bei Ihnen liegengelassen. Wo ist sie?
DIETER Sie ist. Da hat sie doch gelegen. Aber nein. Ich habe sie dorthin gelegt. Aber da liegt sie jetzt nicht mehr. Norma? Hast du die Mütze nicht in den Schrank gelegt? Du hast doch gesagt: Ich lege die Mütze in den Schrank, bis der *laut* Herr von der Polizei zurückkommt. Hast du es gesagt oder hast du es nicht gesagt?
NORMA Ich habe es gesagt.
DIETER Sehen Sie? Sie hat es gesagt.
POLIZIST Ich bin etwas in Eile.
DIETER Geh Norma und hole die Mütze aus dem Schrank. Der *laut* Herr von der Polizei ist in Eile,

NORMA Ja, ich habe die Mütze in den Schrank gelegt. Aber jetzt liegt sie nicht mehr da.
DIETER Nicht mehr da? Bist du sicher? Vielleicht ist sie von den Motten zerfressen worden?
POLIZIST Wer ist sie?
DIETER Sie. Die Mütze. Norma? Vielleicht hast du die Mütze woanders hingelegt? Versuch dich zu erinnern. Vielleicht hast du sie in die Küche gelegt. Ja! Du hast sie in die Küche gelegt. Sieh nach, ob die Mütze noch in der Küche liegt. Der *laut* Herr von der Polizei ist in Eile.

Norma in die Küche.

DIETER Diese Frau, diese Frau ist wirklich –

Norma kommt zurück.

NORMA Die Mütze liegt nicht in der Küche.
DIETER Sie liegt nicht? Habe ich dir nicht gesagt, du sollst achtgeben, daß die Mütze nicht verlorengeht? Habe ich es gesagt oder habe ich es nicht gesagt? Habe ich es gesagt oder habe ich es nicht gesagt?
NORMA Du hast es gesagt.
DIETER Und warum hast du meine Anordnung nicht befolgt? Ich frage dich noch einmal. Warum hast du meine Anordnung nicht befolgt?
POLIZIST Sie sollten nicht so streng mit ihr sein.
DIETER Nein, nein. Norma, ich frage dich noch einmal. Warum hast du meine Anordnung nicht befolgt?
NORMA Weil – weil – du bist ein Scheusal.
DIETER Da haben wir's. Haben Sie gehört, was sie zu mir gesagt hat? Sie sind Zeuge. Sie haben's gehört.

POLIZIST Wenn ich ohne die Mütze zur Dienststelle zurückkehre, kann mich das meinen Posten kosten.
DIETER Hörst du, was der Herr von der Polizei gesagt hat? Hast du das gehört? Siehst du nun ein, was für einen schwerwiegenden Fehler du begangen hast?
NORMA Jetzt! Jetzt fällt es mir ein.
DIETER Jetzt fällt es ihr ein.
NORMA Wir haben die Mütze in die Reinigung gegeben. Sie war ja schmutzig und an den Rändern voll Blut. Und da haben mein Mann und ich uns gedacht, wir lassen sie reinigen.
POLIZIST Mich?
DIETER Die Mütze.
NORMA Wir lassen sie reinigen und schenken sie unserem Sohn.
POLIZIST Mich?
DIETER Die Mütze.
POLIZIST Sie haben. Sie haben wirklich die Mütze in die Reinigung gegeben?

Jörg kommt zurück mit Bier und MP. Der Polizist bemerkt ihn nicht.

DIETER + NORMA Das haben wir.
POLIZIST Das wird mich meinen Posten kosten.

Jörg erschießt den Polizisten, der in mehreren Körperdrehungen zu Boden geht. Während er (in Zeitlupe) fällt, klebt er sich ein rotes blutiges Loch auf die Stirn.

DIETER Das will ich nicht gesehen haben.
NORMA Das ist Polizistenmord.
DIETER Es war Notwehr.

JÖRG Ich verstehe nichts von dem, was ihr sagt. Ich weiß nur eins - jedes eurer Worte ist eine Lüge.

DIETER Ich war auch jung. Ich kenne deinen Schmerz. Glaub mir. Melancholie, innere Leere, Trübsinn, Langeweile – das ist - das ist schrecklich. Es schlägt sich einem förmlich auf den Magen. Irgendwann sah auch ich keinen Sinn mehr im Leben und – ich wollte mich – – Aber im Moment der tiefsten Verzweiflung, als alles aus den Fugen zu geraten drohte, als es keinen Boden mehr unter meinen Füßen gab, als ich an der Klippe hing, da habe ich deine Mutter kennengelernt.

NORMA So hat alles noch ein gutes Ende genommen.

JÖRG Man fühlt sich wie ein Gott. Es ist ganz leicht. Nie zuvor habe ich mich so anwesend gefühlt. Mama, Papa, ich bin weg. *Er steigt aus dem Fenster.*

4. WO STECKT EIGENTLICH UNSER SOHN?

DIETER Wo steckt eigentlich unser Sohn? Ich habe ihn heute noch gar nicht in Augenschein nehmen können.

Das Telefon klingelt.

NORMA Wer kann das sein?
DIETER Vielleicht die Polizei?

Norma nimmt den Hörer ab.

NORMA Hallo? Mama! *Zu Dieter.* Es ist Mama. *Zu Mutter.* Wie? Du willst? *Zu Dieter.* Sie will uns besuchen. *Zu Mutter.* Wann? *Zu Dieter.* Sie sagt, sie will gleich vorbeikommen.
DIETER Sag ihr, daß es jetzt nicht geht.
NORMA *zu Mutter* Es geht jetzt nicht.
DIETER Sag ihr, wir sind krank.
NORMA *zu Mutter* Was? Wir sind krank. Wie? *Zu Dieter.* Was haben wir?
DIETER Wir sind erkältet.
NORMA *zu Mutter* Wir sind erkältet. Ja. *Zu Dieter.* Sie sagt, sie hängt an der Klippe. *Zu Mutter.* Wirklich? *Zu Dieter.* Sie sagt, sie hat den Boden unter den Füßen verloren. *Zu Mutter.* Mama! *Zu Dieter.* Sie sagt, alles gerät ihr aus den Fugen.
DIETER Sag ihr, wir liegen mit vierzig Grad Fieber im Bett.
NORMA *zu Mutter* Wir liegen mit vierzig Grad Fieber im Bett. Ja.
DIETER *laut* Oh! Heiß... heiß...
NORMA *zu Mutter* Es ist schrecklich. Ja. Jaja.

DIETER *laut* Norma, sei so lieb und bring mir den Eisbeutel.

NORMA *zu Mutter* Mama?

DIETER *laut* Ich sehe schon alles doppelt, Norma. Mir ist schwindlig.

NORMA Mama? - Sie hat –

DIETER Aufgelegt.

DIETER + NORMA Und sie möchte jetzt sofort vorbeikommen.

Es klingelt an der Haustür.

NORMA Da ist sie schon.

DIETER Der Tote muß verschwinden. Aber wohin? Unter das Sofa mit ihm.

Es klingelt.

NORMA Ich komme gleich!

DIETER Der ist schwer. Der hat mindestens hundert Kilo.

Es klingelt.

NORMA Ich bin noch unter der Dusche!

DIETER Der hat einen dicken Bauch. Der passt nicht unter das Sofa.

NORMA Schieben. Wir müssen schieben.

DIETER Der ist dick. Mit Kraft.

NORMA Mit Gefühl.

Es klingelt.

NORMA Ich bin noch nicht angezogen!

MUTTER *off* Norma? - Norma!
DIETER Man muß nur die Vernunft walten lassen, dann regeln sich die Dinge von selbst. Fass mit an. Wir heben das Sofa auf den Toten.

Es klingelt.

MUTTER *off* Norma?
NORMA Ich bin noch nicht –
DIETER Fass schon mit an. Na los doch. Gott bist du blöd.
NORMA Ich bin noch nicht.
MUTTER *off* Norma! - Norma!

Es klingelt.

DIETER Wir kommen gleich!
NORMA Ich bin noch nicht geboren –

Es klingelt.

MUTTER Norma! Kind!
DIETER Ja-a! Nun mach schon. Steh nicht herum.

Sie heben das Sofa auf den Toten. Ein Fuß schaut drunter vor.

DIETER Du bist doch – du bist doch wirklich –

Dieter öffnet die Tür. Mutter tritt ein.

DIETER Schwiegermama!
MUTTER Kurt – mein Mann – dein Schwiegervater – er hat mich verlassen.

DIETER Das ist unmöglich.
NORMA Papa hat dich –
MUTTER Verlassen.
DIETER Das ist. Am besten, du gehst jetzt nachhause und ruhst dich aus. Nimm eine warme Dusche. Trink ein Glas Tee mit Baldrian. Leg dich schlafen. Morgen früh sieht alles anders aus.
MUTTER Morgen früh? Morgen früh werde ich vielleicht nicht mehr am Leben sein. Wollt ihr mir nichts zu trinken anbieten? Nur ein kleines Gläschen?
NORMA Du wolltest doch keinen Alkohol mehr trinken, Mama, wegen deiner Leber.
DIETER *zu Mutter* In deiner Situation ist ein kleines Gläschen erlaubt. Etwas zu trinken, ja. Das wird dir gut tun.

Er schenkt ihr ein Glas Chantré ein. Mutter trinkt.

MUTTER Ich hasse ihn.

Dieter schenkt nach. Mutter trinkt.

MUTTER Es war eine schöne Zeit.
DIETER Noch ein Gläschen?
MUTTER Ich bitte darum.

Dieter schenkt nach. Mutter trinkt.

MUTTER Wenn ich ihn kriege, bring ich ihn um.

Dieter gibt ihr die Flasche. Sie trinkt.

MUTTER Das würde ich natürlich nie tun. Wißt ihr, als wir uns kennengelernt haben, da. Wie lang ist das her. Er trug einen eleganten Anzug und war stattlich und groß. Jawohl, Norma, dein Vater war einmal ein schöner Mann. Habe ich euch je erzählt, wie wir uns zum ersten Mal begegnet sind? Es war im Lebensmittelgeschäft. Jemand tippte mir an die Schulter. Ich drehte mich um, dein Vater stand hinter mir. Er sagte: Sie haben da ein Haar. – Seht ihr? Ein dickes schwarzes Haar wächst aus meinem Ohr, noch heute. Ich habe deinen Vater angesehen und gesagt: Sie sind der Erste, der es bemerkt. Dann habe ich ihn gefragt, ob er das Haar nicht häßlich findet? – Er hat geantwortet: Kleiner Makel erhöht den Reiz.

Sie trinkt.

MUTTER Ungefähr fünfzig Jahre später, vor ungefähr zwei Stunden hat dein Vater etwas zu mir gesagt, das ich ihm niemals werde verzeihen können. Er hat zu mir gesagt, daß – das kann ich nicht aussprechen, was er zu mir gesagt hat.

Sie trinkt die Flasche leer.

MUTTER Und wißt ihr, was er dann zu mir gesagt hat? Er hat zu mir gesagt, ich wäre eine alte Schnapsdrossel.
DIETER Das ist.
NORMA So etwas hat er zu dir gesagt?
MUTTER Er hat es gesagt. *Sie zeigt auf den Schuh, der unterm Sofa hervorschaut.* Was ist das?
DIETER Das? Das ist nichts.
MUTTER Schnapsdrossel hat er zu mir gesagt. Und wißt ihr was? Er hat recht.
DIETER Aber nein...

MUTTER Doch doch.

NORMA Mama –

MUTTER Ich bin eine Schnapsdrossel. Und das ist ein Schuh. Von wegen nichts. Ich werde doch einen Schuh von nichts unterscheiden können. Nichts ist nichts, und ein Schuh ist ein Schuh.

DIETER Und jetzt ist es an der Zeit für dich, zu gehen.

MUTTER Und jetzt ist es an der Zeit, die Nachforschungen voranzutreiben. Ich frage mich – was ist das für ein Schuh? Es ist ein Schuh. Alle Anzeichen weisen darauf hin. Aber was für ein Schuh? – Wie geht es denn meinem Enkelsohn? Macht er auch immer schön seine Hausaufgaben?

DIETER Mit Jörg haben wir nicht die geringsten Probleme.

MUTTER Da ist auch ein Bein. Warum ist an dem Schuh ein Bein, frage ich mich.

NORMA Mama. .

MUTTER Norma? Wer liegt unter diesem Sofa? Du hast doch nicht. Du hast doch nicht etwa einen Liebhaber?

NORMA Mama!!

MUTTER Norma!! - Also mein Mann schickt mich in die Wüste, und meine Tochter betrügt ihren Gatten. *Zu Dieter* Ich kann gar nicht sagen, wie unangenehm mir das ist. Du hättest auch lieber in eine anständige Familie eingeheiratet. Betrug! Meine Tochter betrügt ihren Mann. Das stinkt zum Himmel. *Zu Norma* Meine Tochter eine Schlampe. Eine Hure. *Zu dem Toten* Kommen Sie da raus.

NORMA Mama. . .

MUTTER Kommen Sie auf der Stelle da heraus. Ich zähle bis drei.

DIETER Schwiegermama, ich.

MUTTER Eins – zwei – drei – – – Dieter? Norma? Wer liegt unter diesem Sofa? Ist es - ist es Kurt? Ist es mein Mann? Jetzt geht mir ein Licht auf.

NORMA Es ist nicht so wie du denkst.

MUTTER Jetzt geht mir ein Licht auf. Ich durchschaue die Situation. Norma? Hast du ein Verhältnis mit deinem Vater? Hast du oder hast du nicht. Es ist doch Kurt, der unter dem Sofa liegt. Ist er es, oder ist er es nicht?

NORMA Das ist absurd.

MUTTER *zu dem Toten* Kurt? Komm da raus. Ich frage mich, warum er sich überhaupt nicht bewegt. Er ist doch nicht tot? Ein Toter liegt unter eurem Sofa.

DIETER Habe ich richtig gehört? Ein Liebhaber? Ein Liebhaber?

MUTTER Du hast erst die Hälfte verstanden. Wenn ich dir sage, mit wem dich meine Tochter betrogen hat. Tot ist er –

DIETER Norma, ist das wahr? Also ich bin, ich bin. Meine Frau betrügt mich also? Norma? Ist das wahr? Gib Antwort.

MUTTER *zu Norma* Was hast du mit deinem Vater gemacht?

DIETER Mit deinem Vater? – Oh jetzt verstehe ich. Jetzt verstehe ich alles. Seien Sie still. Ich will von all dem nichts wissen. Das tut weh. – Sie sind nicht mehr meine Schwiegermutter. Norma, ich finde, du hättest es mir sagen sollen. Ich, ich. Du hättest es mir sagen müssen. Ich beantrage hiermit die Scheidung.

NORMA Dieter, ich.

DIETER Jetzt willst du dich wohl bei mir entschuldigen? Oder du versuchst gar, dich herauszureden. Es ist an der Zeit, einmal einen unmißverständlichen Ton anzuschlagen. Du hast mich nie geliebt. Das ist eine große Enttäuschung. Es ist vielleicht die größte Enttäuschung meines Lebens. Meines Lebens? Es schreit förmlich zum Himmel. Seit wann gehst du mit ihm ins Bett? Was hat er, was ich nicht habe?

NORMA Dieter...

DIETER Dieter, Dieter. Ich habe dir vertraut.

NORMA Ich.

DIETER Ich habe dir einen Sohn gezeugt.

NORMA Du bist ein Scheusal.

MUTTER Norma!!

NORMA Mutter!!

DIETER Es ist besser, wenn ihr beide jetzt geht. Ich will allein sein.

Mutter fällt in Ohnmacht.

NORMA Mama? – Ist sie tot?

DIETER Und wenn schon.

NORMA Mama. Mamachen. Wach auf. Wach auf, Mamachen. Ich will nicht, daß du tot bist. Ich will nicht, daß du tot bist. Du darfst noch nicht tot sein. Mamachen.

Mutter erwacht.

MUTTER Blut. Blut. Der Mensch ist tot. Tot ist er. Ich rieche es. Der Tod ist im Zimmer. Der süßliche Geruch des Todes - steigt mir in die Nase, Mörderhöhle. Mörder, Mörder, Polizei, Mörder. - ER ist anwesend. ER liegt in der Luft. Das spüre ich. Das spüre ich. *Sie reißt die Augen weit auf.* Was habt ihr mit dem Menschen gemacht.

Norma zerschlägt die Chantré-Flasche auf Mutters Kopf.

DIETER Das ist Muttermord.

Mutter sinkt zu Boden. Es klingelt.

NORMA Wer kann das sein?

Norma öffnet die Tür. Draußen steht ein alter Mann. Er hält den Hut in beiden Händen und spielt mit der Krempe. Norma schlägt die Tür schnell wieder zu.

NORMA Es ist Papa.

Es klingelt.

NORMA Was sollen wir nun tun?
DIETER Fragen im Allgemeinen helfen nicht weiter.

Es klingelt.

DIETER In den Schrank mit ihr.

Sie schaffen die bewußtlose Mutter in den Schrank.

DIETER Man muß nur die Vernunft walten lassen, dann regeln sich die Dinge meistens von selbst.

5. DAS HAAR IM OHR

Norma öffnet die Tür. Vater tritt ein.

VATER Es tut mir leid, wenn ich störe. Sabine ist nicht zufällig bei euch? Ich bin durch den ganzen Ort geirrt auf der Suche nach meiner Frau. Sie ist wie vom Erdboden verschluckt. Darf ich mich setzen? Weißt du, Norma, wie ich deine Mutter kennengelernt habe? Es war im Lebensmittelgeschäft. Ich stand in der Schlange. Und deine Mutter stand vor mir. Das hört sich nun vielleicht etwas seltsam an – Mir fiel auf, daß aus dem Ohr deiner Mutter ein dickes schwarzes Haar herauswuchs. Dieses Haar hatte sofort eine faszinierende Wirkung auf mich. Ich verspürte die Lust, es zwischen meine Lippen zu nehmen. Ich habe deine Mutter angesprochen. Ich habe gesagt: Sie haben da ein Haar. – Sabine hat mich angesehen, und dann hat sie gesagt: Sie sind der Erste, der es bemerkt. – Dann hat sie mich gefragt, ob ich das Haar nicht häßlich finde? – Ich habe geantwortet: Kleiner Makel erhöht den Reiz. – Wenige Wochen später habe ich deine Mutter geheiratet. – Die Tage vergingen wie im Flug. Wir bekamen ein Kind, unsere Tochter.

NORMA Wer ist eure Tochter?

VATER Du. Das bist doch du. – Wie soll ich sagen? Im Lauf der Jahre wurde unser Eheleben immer deprimierender. Ein Tag glich dem andern, jedes Jahr brachte annähernd dasselbe Einerlei. Kurzum – es wurde langweilig. Und es kam zu Streitereien. Sabine hat mir Vorwürfe gemacht, daß ich meine Schuhe nicht putze, daß ich nicht genug Geld verdiene, daß ich nicht mehr regelmäßig mit ihr –.

Über die Jahre verlor sich auch mein Interesse an dem Haar, das aus ihrem Ohr wuchs. Warum? Ich weiß es selbst nicht. Die Situation verschlimmerte sich. Wollt ihr wissen, was ich vorhin zu Sabine gesagt habe? Ich habe ihr gesagt, daß ich dieses Haar widerlich finde, daß es mich anekelt, und daß ich nicht mehr mit einer Frau zusammenleben kann, aus deren Ohr ein Haar wächst.

DIETER Und dann hast du ihr gesagt, daß sie eine alte Schnapsdrossel ist.

VATER Das habe ich. - Also wenn meine Frau sich bei euch meldet, dann sagt ihr mir Bescheid? *Er setzt den Hut auf.* Ich will euch nicht länger stören.

Mutter klopft an die Schranktür.

VATER Was war das?

Dieter klopft auf den Tisch.

DIETER Ich habe geklopft. Toitoitoi - daß ihr euch bald wieder vertragt.

Mutter stöhnt im Schrank.

VATER Was war das?

Norma stöhnt.

NORMA Ich habe Bauchschmerzen.

DIETER Es geht ihr sehr nahe, das mit dir und ihrer Mutter.

VATER Du darfst es dir nicht so zu Herzen nehmen, Norma.

Mutter klopft im Schrank. Dieter klopft auf die Tischplatte.

DIETER Toitoitoi – es wird schon wieder werden.

Mutter klopft im Schrank und stöhnt. Dieter klopft auf die Tischplatte. Norma hält sich den Bauch und stöhnt.

VATER Vielleicht - könnte es sein, daß du ein zweites Kind bekommst?
Mutter *off* Hilfe!
NORMA Hilfe! Nur das nicht. Nur kein zweites Kind.

Mutter klopft, Dieter klopft.

DIETER Toitoitoi - ich hätte nichts dagegen.
VATER Das wäre doch schön.
Mutter *off* Hilfe!
VATER Was ist denn?

Mutter klopft und stöhnt. Dieter klopft.

DIETER Toitoitoi.
MUTTER *off* Hilfe! Polizei! Zu Hilfe!
NORMA Polizei! Polizei!
DIETER Toitoitoi.
NORMA Zu Hilfe!
DIETER Polizei!

Norma stöhnt.

VATER Man muß nur die Vernunft walten lassen, dann regeln sich viele Dinge von selbst.

Dieter klopft auf den Tisch.

DIETER Toitoitoi - das wollen wir hoffen.

Mutter stößt die Schranktür auf und steht im Raum mit dem Gesicht eines Racheengels.

Mutter *zu Kurt* Da bist du! *Sie schleudert das Bügeleisen auf Vater, Vater weicht aus.*
VATER Sabine, ich.
MUTTER Ich bring dich um.
NORMA Tu's nicht, Mama.
DIETER Die Statistiken sagen, es dauert durchschnittlich fünf Jahre, bis der Mörder nach der Tat wieder ruhig schlafen kann.
MUTTER Das ist so eine Erfindung von der Justiz – *sie hebt das Bügeleisen auf* – damit man es sich dreimal überlegt, bevor man jemanden umlegt.
VATER Das wirst du nicht tun.

Mutter schleudert das Bügeleisen auf Vater. Vater weicht aus.

VATER Sei doch vernünftig. Sabine.
MUTTER Betrüger. Lügner. Treibst es mit deiner Tochter.
VATER Ich bin fassungslos.
MUTTER Kinderficker.
VATER Das will ich nicht gehört haben.
NORMA Mama, Papa. Ich will nicht, daß ihr euch streitet. Ich will, daß ihr glücklich seid.
DIETER Norma hat recht. Ihr solltet vernünftig sein. Warum vertragt ihr euch nicht? Warum lebt ihr nicht in Frieden miteinander? Da draussen in der

Welt, da ist viel Übel, Leid, Schmerz und Verzweiflung. Menschen sterben, werden ermordet, gefoltert, verbrannt, zerfetzt im Hagel der Bomben. Es hat den Anschein, als wäre ein menschliches Leben keine Gänsefeder mehr wert. Die unschuldigsten Wesen – die Kinder – sind Opfer von Brutalität und Perversion. Mütter weinen um ihre Söhne, Väter verlieren den Verstand. Überall da draussen herrschen Krieg, Gewalt, Zerstörung und Haß. Es scheint, daß der Teufel die Weltherrschaft übernommen hat. Die Menschen haben verlernt, miteinander zu reden und in Frieden zu leben. Seien wir doch froh, daß wir in unserer kleinen Familie ein bißchen glücklich sein dürfen. Warum freuen wir uns nicht über das bißchen Frieden in unseren kleinen vier Wänden?

NORMA Dieter hat recht. Ihr solltet vernünftig sein. Warum vertragt ihr euch nicht? Warum lebt ihr nicht in Frieden miteinander?

Mutter bricht in Tränen aus.

MUTTER Es tut mir leid.

NORMA Mama. Ich bin so froh.

Vater hat den Fuß des Polizisten entdeckt und betrachtet ihn näher.

MUTTER Ich bin so dumm. Ich bin so dumm.

DIETER Nicht doch.

Vater bückt sich und schaut unter das Sofa.

DIETER Mutter, du sollst nicht weinen.

MUTTER Ihr seid so gut zu mir.
NORMA So kommt alles noch zu einem guten Ende.
DIETER Alles wird gut.
MUTTER Ich verzeihe euch. Ich verzeihe euch allen. Dieter hat recht. Da draussen in der Welt – Mord und Totschlag. Ich bin so dumm. Wir wollen uns freuen. In unseren kleinen vier Wänden wollen wir uns freuen, daß wir ein bißchen Frieden haben dürfen. Unsere kleine Familie.

Vater hat in der Zwischenzeit am Fuß des Polizisten gezogen und hält – nach einem kräftigen Ruck – das lose Bein in der Hand.

NORMA Jetzt wird alles gut.
DIETER Toitoitoi.
VATER Was ist das?
DIETER Das?

Mutter stößt einen schrillen Schrei aus.

NORMA Das ist –

Mutter rennt mehrmals gegen die Wand, offenbar mit der Absicht, sich das Bewußtsein zu nehmen.

DIETER Das ist ein Bein.
VATER Genau so fühlt es sich auch an.
DIETER Ja, es ist ein Bein. Aber es ist kein richtiges Bein. Es ist ein Theaterbein.

Mutter hält inne.

DIETER So etwas wird eigens für das Theater angefertigt. Zu Norma. Ich habe dir doch gesagt, du sollst das Bein nicht auf dem Boden herumliegen lassen. . .

Der vermeintlich tote Polizist taucht hinter dem Sofa auf und geht unauffällig in gebückter Haltung von der Bühne.

DIETER . . .Du wolltest es doch in die Requisite bringen. Das wolltest du doch. Wolltest du oder wolltest du nicht? Gib Antwort.

NORMA Ich wollte es.

DIETER Jetzt duckst du wieder. *Zu Vater.* Merkst du, wie kleinlaut sie wird? Ganz die Unschuld. Wenn du wolltest, warum hast du es dann nicht getan? Warum befolgst du meine Anordnungen nicht? Ich frage dich noch einmal – Warum befolgst du meine Anordnungen nicht? Fällt dir keine Antwort ein?

NORMA Ich bin.

DIETER Unschuldig. Natürlich. Hört ihr, wie sie versucht, sich herauszuwinden? Es ist natürlich schwer, ihr einen Fehler nachzuweisen. Es gibt keinen Arbeitsvertrag, in dem sie sich verpflichtet, zu tun, was sie zu tun verspricht.

VATER + MUTTER Wer ist sie?

DIETER Sie. Das ist sie. - *Zu Norma.* Siehst du, was du angerichtet hast? Siehst du, welchen Schrecken du deiner Mutter eingejagt hast?

VATER Du solltest nicht zu streng mit ihr sein.

DIETER Nein, nein. Ich frage dich noch einmal. Ist dir bewußt, was du angerichtet hast?

MUTTER Wenn es nur ein Theaterbein ist. Und ich habe schon gedacht –

DIETER Geht es dir gut, Schwiegermama? Bist du in Ordnung?

MUTTER Es geht schon.

DIETER *zu Norma* Wir haben noch ein Wörtchen miteinander zu reden. *Zu Vater und Mutter.* Es ist besser, ihr geht jetzt.

Es klingelt.

NORMA + MUTTER Wer kann das sein?

6. WAFFENSTILLSTAND

Dieter öffnet die Haustür. Ein kleiner Junge steht in der Tür.

JUNGE Guten Tag.
DIETER Wer bist du?

Der Junge tritt ein.

JUNGE Ich soll sagen, daß in der Nachbarschaft eingebrochen wurde. Ich soll sagen, daß es zwei Jugendliche waren.
MUTTER Wie heißt du denn?
JUNGE Ich soll sagen, sie waren mit einem, mit einem –
NORMA Ja?
JUNGE Sie hatten eine Maschinenpistole.
MUTTER Eine Maschinenpistole?
JUNGE Ich soll sagen, daß es zu einer Schießerei mit der Polizei gekommen ist. Und dann soll ich sagen, daß einer von den Einbrechern - hm -
NORMA Ja?
JUNGE Hm - hm –
MUTTER Was sollst du uns denn noch sagen?
JUNGE Hm –

Norma gibt dem Jungen eine Tafel Schokolade.

JUNGE Und dann soll ich sagen, daß einer von den Einbrechern verletzt wurde.
DIETER Ist das alles?
JUNGE Ich soll sagen, daß die Einbrecher jetzt auf der Flucht sind.

VATER Wer hat dich denn hier hergeschickt?

Der Junge presst die Lippen zusammen. Er rennt hinaus und ist verschwunden. Dieter schließt die Tür.

MUTTER Wo steckt eigentlich euer Sohn? Ich habe ihn noch gar nicht in Augenschein genommen.
DIETER Ich weiß nicht, wo er steckt.
VATER *zu Mutter* Schließen wir einen Waffenstillstand?
NORMA Ich glaube, wir lassen euch beide jetzt besser allein.

Norma und Dieter ab.

VATER Jetzt erwartest du wohl eine Entschuldigung von mir. Weißt du noch, Sabine, wie wir uns kennengelernt haben? Wie lang ist das her?
MUTTER Wie lang ist das her.
VATER Du hast eine Alkoholfahne.
MUTTER Ist das ein Wunder? Nach allem, was du mir angetan hast.
VATER Meine früheste Erinnerung an dich ist dieses Haar, das aus deinem Ohr wächst. Dieses Haar – es hatte eine faszinierende Wirkung auf mich. – Sie haben da ein Haar.
MUTTER Sie sind der Erste, der es bemerkt. Finden Sie es nicht häßlich?
VATER Kleiner Makel erhöht den Reiz.
MUTTER Dann haben wir geheiratet.
VATER Die Jahre vergingen wie im Flug.
MUTTER Unsere Tochter kam zur Welt.
VATER Sabine, ich glaube, ich bin dir eine Erklärung schuldig. Nichts von dem, was ich dir heute gesagt

habe, nehme ich zurück. Ich habe einen schwerwiegenden Fehler gemacht. Aber da es nun einmal ausgesprochen ist. Es geht nicht mehr so weiter mit uns beiden. Unser Alltag ist im Grunde nicht viel besser, als wären wir zwei schon tot. Wir verweigern uns gegenseitig das Verständnis. Was ich sagen will – ich bin wirklich der Meinung, wir sollten unsere eigenen Wege gehen. Ich will mich von dir scheiden lassen. Das war' s, was ich dir sagen wollte. Und dieses Haar, es könnte mich wahnsinnig machen. Weißt du, daß ich dich einmal beinahe umgebracht hätte deswegen? Manchmal, nachts, hab ich' s dir herausgerissen. Aber es ist immer wieder nachgewachsen. Jetzt hat meine Geduld ein Ende. Sabine, ich kann nicht mehr.

Dieter und Norma schieben die Köpfe zur Tür herein.

VATER Sind wir Freundc?
DIETER Wie schön, daß ihr euch wieder vertragt.
NORMA So kommt alles noch zu einem guten Ende.
VATER Man muß nur die Vernunft walten lassen, dann regeln sich die Dinge von selbst. *Zu Mutter.* Wir sehen uns dann vor Gericht.

Er vergisst seinen Hut und öffnet die Tür. Als er öffnet, stehen Jörg (mit verbundener Schulter) und Waltraud draußen.

VATER Das ist sicher so ein Theatergewehr. Ich lasse euch allein. *Ab.*
NORMA Was meint Papa damit – »Wir sehen uns vor Gericht«?
DIETER Mir ist so leicht um' s Herz. Ich fühle mich

wie befreit. Das muß der Frühling sein. Der Frühling, das ist die Zeit des Neuanfangs.

NORMA *zu Jörg* Du blutest ja!

JÖRG Mach dir keine Sorgen. Ist nicht der Rede wert. Papa, Mama, das ist Waltraud.

WALTRAUD Guten Tag. *Zu Jörg.* Komische Family.

MUTTER Mein Mann will sich von mir scheiden lassen. Wollt ihr mir nichts zu trinken anbieten? Nur ein kleines Gläschen.

Dieter gibt Mutter eine zweite Chantré-Flasche. Mutter sinkt in ein Eck und säuft.

DIETER *zu Jörg* Habt ihr beiden wieder etwas angestellt?

WALTRAUD *zu Jörg* Worauf wartest du? Hast du nicht gesagt, daß du sie umlegen willst? Das hast du doch gesagt. Hast du es gesagt, oder hast du es nicht gesagt?

JÖRG Ja.

WALTRAUD Liebst du mich nicht mehr?

JÖRG Doch, aber...

WALTRAUD Du liebst mich nicht mehr. Du hast mich nie geliebt. Gib's wenigstens zu.

Jörg legt auf Dieter an.

DIETER Weißt du, deine Mutter und ich, wir haben uns Gedanken über dich gemacht.

WALTRAUD Leg ihn um.

DIETER Und wir sind zu dem Entschluß gekommen, daß wir dir ein Auto schenken wollen. Und den Führerschein zahlen wir gleich mit. Oder möchtest du lieber einen eigenen elektrischen Bohrschrauber?

MUTTER Wozu braucht er einen elektrischen Bohrschrauber?
DIETER Wenn er mal was Richtiges bauen will?
WALTRAUD Für das, was Ihr Sohn vorhat, genügt eine einfache Maschinenpistole.
MUTTER *zu Dieter* Er kann sich doch deinen Bohrschrauber ausleihen. Wenn du tot bist, erbt er sowieso die Werkstatt.
NORMA Misch dich bitte nicht ein, Mutter.
MUTTER Norma!
NORMA Mutter! Ich habe gesagt, du sollst dich nicht einmischen.

Mutter säuft weiter.

MUTTER Er hat mich verlassen. Er will sich von mir scheiden lassen. . .
WALTRAUD Jörg, ich bin etwas in Eile.
DIETER Glaubt bloß nicht, daß wir kein Verständnis für eure Probleme haben. Wir waren auch mal jung. Oh ja, das waren wir. Aber unsere Eltern haben uns nicht jeden Wunsch von den Lippen abgelesen.
WALTRAUD Drück ab, Jörg, und dann gehen wir.
DIETER Als ich in eurem Alter war, da habe ich auch den Aufstand geprobt. Ich wollte es besser machen als Vater. Oh es gab unerbittliche Zwiegespräche zwischen ihm und mir. Aber niemals hätte ich die Waffe gegen mein eigen Fleisch und Blut gerichtet. Niemals! – Jetzt sind mein Vater und meine Mutter tot. Gestorben. Jetzt reut mich so manches böse Wort, das ich gegen meine Eltern gesprochen habe. Ich gebe zu, auch ich habe Fehler gemacht. Auch ich bin nicht immer den Pflichten des Vaters nachgekommen.

JÖRG Der größte Fehler deines Lebens ist dein Sohn.
WALTRAUD Wer ist sein Sohn?
JÖRG Ich. Das bin ich.
NORMA Dein Vater hat dir das Leben gegeben.
MUTTER Ha! Das Leben! Das Leben. Was ist das schon. Ha! Ein Feuerwerkskörper. Steigt in die Lüfte, explodiert, und für Sekunden erstrahlen die Lichter. Dann ist es aus – wupps! – ein Fingerschnippen. Im Lauf der Jahrtausende wiegt ein Leben nicht mehr als eine Gänsefeder.
JÖRG Warum bemühe ich mich? Ihr versteht mich doch nicht. Weil ihr mich nicht verstehen wollt. Mich – mich – was in meinem Innern ist.
NORMA Was ist denn in meinem Innern?
WALTRAUD Sag' s ihnen, bevor du sie umlegst. Sag ihnen, was in deinem Innern ist.
JÖRG Also – in meinem Innern ist – nichts. Überhaupt nichts.
DIETER Ich glaube, es ist an der Zeit, einmal ein Machtwort zu sprechen. *Zeigt auf Waltraud.* Unser Sohn steht seit geraumer Zeit unter dem Einfluß dieser Person. *Zu Waltraud.* Ich weiß, es ist schwer, ohne Vater aufzuwachsen. Sie haben es bestimmt nicht leicht gehabt.
MUTTER Aber der Vater ersetzt nicht die Mutter. Laut Statistik werden vaterlose Kinder seltener alkoholabhängig als mutterlose Kinder.
NORMA Mutter!

Mutter säuft weiter.

DIETER *zu Waltraud* Und nun suchen Sie den Vaterersatz in unserem Sohn Jörg. Ist es so? Er verkörpert genau die Autorität und Gelassenheit, die Sie in Ihrer Familie immer vermissen mußten. Ist es so? Warum antworten Sie nicht? Seht ihr? Jetzt fällt ihr nichts mehr ein. Ich frage Sie noch einmal – Liege ich in meiner Einschätzung richtig? Seht ihr, wie klein sie wird?

Waltraud läßt die Klinge ihres Taschenmessers springen, geht einen Schritt auf Dieter zu und schneidet ihm quer über die Wange.

DIETER Au!

WALTRAUD Ich geh mal für kleine Mädchen. *Ab.*

MUTTER Mein Vater hatte einen Vater, der hatte auch einen Vater, und der Vater meines Großvaters hatte einen Vater, der ebenfalls einen Vater hatte. Dieser Vater hatte wiederum einen Vater, der ebenfalls einen Vater, der auch einen Vater hatte, hatte. Und der Vater dieses Vaters hatte einen Vater, und dieser Vater hatte auch einen Vater, der einen Vater hatte. Der früheste in einer Chronik erwähnte Vater soll einen Vater gehabt haben, dessen Großvater seine Kinder gefressen hat, um die Alleinherrschaft zu sichern. Dessen Vater wiederum soll mit der Trockenlegung irgendeines vorderasiatischen Sumpfgebietes beauftragt gewesen sein, und zwar von keinem Geringeren als dem ersten Architekten des sagenhaften Nebukadnezar, der die Frauen auspeitschen ließ, wenn sie ihm nicht willig waren. Oder er hat sie in die Wüste geschickt oder als Sklavinnen verkauft. So ist das eben im Leben. Wie dem auch sei, ich finde, es wird Zeit für uns Frauen, endlich aufzustehen und das Spiel nicht länger mitzuspielen. Keinen Tag länger werde ich die Spülmaschine meines Mannes sein.

NORMA Mama!

MUTTER Ja, Norma, ich lasse mich von deinem Vater scheiden.

Es klingelt.

MUTTER Wer kann das sein?

NORMA Mama!

JÖRG Schluß jetzt. Das lasse ich nicht zu.

Jörg öffnet die Tür. Draußen stehen Sonja und George.

SONJA Das ist George.
GEORGE Guten Tag. Ich bin der Jugendgruppenführer.
SONJA Dürfen wir eintreten? George, das ist Jörg.
GEORGE Ich war mal alkoholabhängig.
MUTTER Wirklich?
SONJA Und sexsüchtig war er auch.
GEORGE Aber jetzt ist Schluß damit.
DIETER Das ist lobenswert.
SONJA Wir sind hier, um Jörg zu fragen, ob er uns im nächsten Jugendgottesdienst nicht auf seiner Gitarre begleiten will.
GEORGE Die Jesus-Singers treten zwar a capella auf, aber mit Jörgs Unterstützung wären sie unschlagbar.
NORMA *zu Jörg* Das wäre doch eine gute Möglichkeit, dein Können einmal unter Beweis zu stellen.
GEORGE *zu Jörg* Sonja hat erzählt, was für ein aufgeschlossener Junge du bist und wie schön du Gitarre spielen kannst. Als ich so jung war wie du, da hätte ich auch gern Gitarre spielen gelernt. Aber das Schicksal hat einen anderen Lebensweg für mich vorgesehen. Mein Vater hat meine Familie im Stich gelassen, da war ich fünf Jahre alt. Als ich neun Jahre alt war, verlor meine Mutter den Verstand. Sie haben mich in ein Heim gebracht. Mit dreizehn hatte ich den ersten Geschlechtsverkehr.
SONJA George war mal ganz unten.
GEORGE Mit achtzehn war ich scheinbar rettungslos dem Alkoholismus verfallen und konnte nur Liebesbeziehungen verbuchen, die rein körperlicher

Natur waren. Alles schien ausweglos. Irgendwie hatte ich den Boden unter den Füßen verloren, mein Leben war aus den Fugen geraten, ich hing an der Klippe. So gingen die Jahre dahin. Bis ich mir eines Tages sagte: Jetzt ist Schluß damit. Es war aber nicht meine eigene Stimme, die das zu mir sagte. Es war die Stimme Jesu. Ich bitte Sie, ich bitte Sie alle, behalten Sie für sich, was Sie gerade gehört haben. - Nach dem Besuch des Abendgymnasiums nahm ich sogleich das Studium der Sozialarbeit auf. Ich wollte in der kirchlichen Jugendarbeit mein Glück suchen. Und habe es gefunden.

MUTTER Was für ein Unsinn.

NORMA Mutter!

GEORGE Sie glauben mir nicht?

MUTTER Schieß ihm die Ohren ab, Jörg.

GEORGE Hochmut kommt vor dem Fall.

Mutter rülpst. George bekreuzigt sich.

GEORGE Ist es in diesem Hause Sitte, sich über anderer Leute Lebenslauf lustig zu machen?

DIETER Durchaus nicht.

SONJA Komm, George, wir gehen.

GEORGE Nein. Auch Jesus ist zu den Schwachen gegangen. Er hat ihre Lebensgewohnheiten geduldig studiert und seine Botschaft mit viel psychologischer Einfühlsamkeit unter die Menschen gebracht.

MUTTER Er hat ihre Lebensgewohnheiten nicht nur studiert, sondern sogar daran teilgenommen. Wie wär's mit einem Gläschen?

SONJA George, bitte komm.

GEORGE Also ich –

MUTTER Sie haben doch gesagt, dieser Jesus hat zu Ihnen gesprochen. Wenn Sie so einen guten Kontakt zu ihm haben, wird Ihnen ein kleines Gläschen doch nicht schaden.

SONJA Du solltest nicht auf sie hören, George.

GEORGE Nein, nein. Ich betrachte das als eine Herausforderung. In meinem tiefen Innern spüre ich: ER ist bei mir. Ich habe ein warmes, gutes Gefühl in mir, eine innere Gewißheit. Ich werde ein Gläschen zu mir nehmen und keinerlei Schaden davontragen.

NORMA Sind Sie sicher, daß Sie dem Alkoholismus nicht mehr verfallen werden?

GEORGE Ich bin ganz sicher.

SONJA *zu Jörg* Siehst du? Ich hab dir gesagt, George ist toll.

GEORGE Geben Sie mir ein Glas.

Dieter schenkt George ein Glas ein.

GEORGE Der indische Fakir, der tanzende Derwisch, der Heilige des christlichen Mittelalters - sie alle haben eines gemeinsam: ihr Glaube verleiht ihnen die Kraft, die Schwächen des Körpers zu überwinden.

George nippt an dem Glas, dann trinkt er es in einem Zug leer.

NORMA Wie geht es Ihnen?

GEORGE Gut.

George steckt den Finger in den Mund und versucht sich zu erbrechen.

DIETER Was machen Sie da?
GEORGE Mein Gott - es geht - es geht seinen Weg.
NORMA *zu Sonja* Was meint er damit - es geht seinen Weg?

George entreißt Dieter die Flasche.

GEORGE Geben Sie her.

George trinkt aus der Flasche wie an der Mutterbrust.

MUTTER Ich glaube, er ist rückfällig geworden.
NORMA Was sollen wir jetzt tun?
SONJA George?
DIETER Wir wollen hoffen, daß er nicht wieder sexsüchtig wird.

George zieht die Hose aus.

GEORGE Es geht - es geht seinen Weg.
DIETER Können wir Ihnen helfen? Wollen Sie Kaffee?
GEORGE *zu Norma* Ich liebe Sie. Alles an Ihnen ist eine Verführung. Ich will – ich muß Sie haben.
NORMA Dieter.
GEORGE *zu Norma* Ihre Haut ist sicher unendlich zart, und der Geruch Ihres Geschlechts wird mich womöglich wahnsinnig machen.
NORMA Dieter.
GEORGE Seien Sie doch nicht so stur. Vergessen Sie doch nur einmal Ihre überkommene Moral. Oh Sie sind schön und begehrenswert.
SONJA Das ist zuviel für mich.

Sonja eilt nach draußen. Norma flieht, gefolgt von George, durch die Tür rechts.

GEORGE Laufen Sie doch nicht weg.

George ab. Einen Moment später kommt Norma, gefolgt von George, zurück.

GEORGE Bleib stehen. Ich will mich in dich hineinstürzen und explodieren.
NORMA Lassen Sie mich.
GEORGE Je mehr du dich zur Wehr setzt, umso größer ist meine Lust. Der Frühling ist die Zeit der Paarung. Wir Menschen sind auch nur Tiere. Komm.
DIETER Hören Sie auf damit, sage ich.

Norma flieht, gefolgt von George, durch die Tür links. Ihnen entgegen kommt Waltraud.

WALTRAUD Wer war das?
JÖRG Der Jugendgruppenführer.
WALTRAUD Was will er von deiner Mutter?
JÖRG Was weiß ich?

Norma kommt, gefolgt von George, zurück. George stellt sie am Tisch.

DIETER Es ist an der Zeit, einmal ein Machtwort zu sprechen.
GEORGE *zu Norma* Ich will mich in dir entladen, daß du nicht mehr weißt, wie du heißt.
DIETER So kommen Sie doch zur Vernunft.
GEORGE Ich komme.
DIETER Schluß damit.

GEORGE Nein.
MUTTER Die ganze Natur ist auf Begattung aus. Jeder Hund besteigt jetzt seine Hündin.

George besteigt Norma.

GEORGE Jesus, das ist gut. Das ist gut.
DIETER Ich warne Sie.
GEORGE Das ist gut.
WALTRAUD Mein Papa hat das auch immer mit meiner Mama gemacht.
GEORGE *zu Norma* Ich liebe dich.
WALTRAUD Obwohl Mama nicht wollte. Sie hat sich immer gewehrt.
GEORGE *zu Norma* Du bist schön.
WALTRAUD Da hat Papa Mama dann immer geschlagen. Und dann wollte sie doch.
GEORGE *zu Norma* Ich verehre dich.
DIETER Wenn Sie nicht sofort aufhören –
WALTRAUD Einmal hat Papa Mama fast totgeschlagen, da haben sie ihn ins Gefängnis gesteckt. . .
DIETER – kann ich für nichts garantieren. . .
GEORGE *zu Norma* Sag, daß du immer bei mir bleibst.
NORMA Nein.
GEORGE Bitte.
NORMA Hilfe. Dieter?
GEORGE Ja ja ja. . .

Dieter schiebt sich den Lauf der Maschinenpistole in den Mund und setzt sich in ein Eck.

NORMA Dieter!
GEORGE Ja ja ja.
NORMA Hilfe.

WALTRAUD *zu Jörg* Jetzt erinnere ich mich. Meine Mama lag auf dem Boden, Blut kam aus ihrem Mund, und ich habe gedacht, sie ist tot.

JÖRG *zu Waltraud* Das muß schrecklich gewesen sein.

WALTRAUD *zu Jörg* Ja.

GEORGE Ja! *George zieht die Hose wieder an. Er sinkt in dumpfe Verzweiflung.* Da war es wieder. Das alte Laster.

DIETER Norma? – Norma! – Entschuldige dich. Hast du gehört? Du sollst dich entschuldigen. Ich tu mir sonst etwas an. Norma! - Ich zähle bis drei.

GEORGE Bitte, nein. Ich will kein Menschenleben auf dem Gewissen haben.

DIETER Eins – hast du nicht gehört, was ich gesagt habe? Ich warte auf eine Entschuldigung, Norma.

GEORGE Ich bitte Sie – kommen Sie zur Vernunft.

DIETER Nein.

GEORGE Ich habe versagt.

DIETER Norma? Ich warte. Zwei –

GEORGE Mein Leben – Gott – alles ist aus den Fugen. Ich habe den Boden unter meinen Füßen verloren.

DIETER Norma! Du wirst deines Lebens nicht mehr froh. wenn du dich jetzt nicht bei mir entschuldigst.

GEORGE Warten Sie.

DIETER Eins – zwei –

GEORGE Hören Sie auf damit.

DIETER Und eins ist –

GEORGE Nein!

DIETER Also gut. *Er legt die Waffe beiseite.*

NORMA Ich hab' s gewußt. Mein Mann ist ein Versager.

JÖRG Mama, Papa, ich brauch Geld. Waltraud und ich müssen von hier abhauen. Sie sind hinter uns her.

DIETER Geld? So ist mein Sohn doch noch zur Vernunft gekommen. In unserer Familie hat immer die Vernunft die Dinge geregelt. Wohin wollt ihr denn?

JÖRG Nach Südamerika.

WALTRAUD Nein.

JÖRG Was!

WALTRAUD Ich komme nicht mit.

JÖRG Ich hab gedacht, wir sind Freunde.

WALTRAUD Es tut mir leid. Aber eine innere Stimme sagt mir, daß ich vor der Verantwortung nicht mehr davonlaufen sollte. Gerade eben ist mir bewußt geworden, in welchen Verhältnissen ich großgeworden bin. Ich habe mich erinnert, was mein Vater mit meiner Mutter gemacht hat vor meinen Augen. Seit mein Vater hinter Gitter gewandert ist, habe ich keine gute Entwicklung genommen. Wie viele Jahre war ich blind. Doch jetzt bin ich sehend geworden. Ich habe große Schuld auf mich geladen, und ich will diese Schuld abbüßen. Ich werde mich der Polizei stellen. Ich will neu anfangen, ja.

GEORGE *zu sich* Was war das?

WALTRAUD *zu Jörg* Willst du mit mir gehen?

DIETER Das will ich nicht gehört haben. Norma? Wieviel Geld haben wir im Haus?

NORMA Nicht viel.

DIETER Nicht viel?

George richtet den Blick gen Himmel.

GEORGE Was ist das?

DIETER *zu Norma* Habe ich nicht gesagt, du sollst darauf achten, daß immer genug Geld im Haus ist? Wozu verdiene ich eigentlich? Damit mein Sohn und seine Freundin sich nicht einmal einen kleinen gemeinsamen Urlaub in Südamerika leisten können?

JÖRG Waltraud hat recht.

GEORGE *gen Himmel* Ja Ja. Ich habe verstanden. Jetzt ist Schluß damit. Ja. Ich verspreche es.

DIETER *zu Norma* Sprich lauter. Ich habe dich nicht verstanden. Wozu verdiene ich eigentlich? - Womöglich hast du das Geld veruntreut?

JÖRG Mama, Papa, ich gehe mit Waltraud ins Gefängnis.

DIETER Davon will ich nichts wissen. *Zu Norma.* Geh und sieh im Küchenschrank nach, wieviel Geld wir im Haus haben. Damit wir unserem Sohn und seiner Freundin die Reise nach Südamerika bezahlen können.

George klopft mit dem Löffel ans Glas.

GEORGE Soeben waren Sie alle Zeugen eines Wunders. In dumpfer Verzweiflung, als ich den Boden unter den Füßen zu verlieren drohte, und alles aus den Fugen zu geraten schien, da hat eine Stimme zu mir gesprochen und mich beim Namen gerufen. George – George – Jetzt ist Schluß damit. Ich muß Ihnen wohl nicht sagen, wessen Stimme da zu mir gesprochen hat? – Ich habe nun dem Laster endgültig abgeschworen und werde mich weiter in der kirchlichen Jugendarbeit betätigen. Denn ich bin der sicheren Überzeugung – es ist meine Pflicht, mein Wissen um die Abgründe der menschlichen Seele an die jüngere Generation weiterzugeben. - Das war' s, was ich sagen wollte.

MUTTER So kommt es doch noch zu einem guten Ende.

Dieter klopft mit dem Löffel ans Glas.

DIETER Da draussen in der Welt, da ist viel Übel, Leid, Schmerz und Verzweiflung. Menschen sterben, werden gefoltert, verbrannt...

Jörg klopft mit dem Löffel ans Weinglas.

JÖRG Ich möchte um eure Aufmerksamkeit bitten. Waltraud und ich, wir haben in unserem jugendlichen Leichtsinn schwere Schuld auf uns geladen. Wir haben gegen die Gesetze verstoßen. Wir haben Menschenleben auf dem Gewissen. Dafür wollen wir geradestehen. Unsere Gesellschaft gibt uns die Möglichkeit, unsere Schuld abzubüßen. In einem anderen Land würden wir vielleicht zum elektrischen Stuhl verurteilt werden. Wie dem auch sei, Waltraud und ich, wir werden zusammen ins Gefängnis gehen, und nach Ablauf der Zeit wollen wir - wenn Waltraud einverstanden ist – heiraten.

WALTRAUD Ich will.

DIETER Damit ist dein Vater nicht einverstanden.

GEORGE Wer ist sein Vater?

DIETER Das bin ich.

MUTTER Es ist Frühling. Der Frühling ist die Zeit der Entscheidung. Die Blumen sprießen. Es liegt etwas in der Luft. Ich lasse euch jetzt mit euren Schicksalen allein. *Sie wankt zur Tür.* Lebt wohl.

GEORGE Ich schließe mich an. Für mich bleibt hier nichts mehr zu tun übrig. Ich bin froh, daß die jungen Leute zur Vernunft gekommen sind. So hat sich mein Einsatz doch gelohnt.

Mutter und George ab. – Jörg und Waltraud begießen ihre Verlobung.

JÖRG Auf unsere Zukunft.
WALTRAUD Auf unsere Zukunft.
JÖRG Ich denke an dich.
WALTRAUD Wir können uns Briefe schreiben von Zelle zu Zelle.
DIETER Davon will ich nichts wissen. Ha! Ha! Das wäre doch gelacht. Mein Sohn ins Gefängnis. Mordlust? Innere Leere, Melancholie, Trübsinn? Hab ich auch. Hab ich auch. Oh ja. Hab ich auch. *Er ergreift die Maschinenpistole.* Ins Gefängnis. Krankhafte Triebe...

Er erschießt Jörg und Waltraud. Sie kleben sich blutige Löcher auf die Stirn. Sie sitzen tot in ihren Stühlen.

DIETER Jesus, das ist gut. Ha! Das wäre ja gelacht. Es ist ganz leicht – der Bursche hatte recht.
NORMA Das ist Kindsmord.
DIETER Und wenn schon.
NORMA Es ist an der Zeit, einmal einen unmißverständlichen Ton anzuschlagen. Ich habe deine Hemden gebügelt. Ich habe deine Hosen gebügelt. Ich habe Unmengen von Taschentüchern gebügelt. Ich habe deine Krawatten gebügelt. Ich habe deine Unterwäsche gebügelt.
DIETER Und wenn schon.

Er erschießt Norma. Auch sie klebt sich im Fallen ein blutiges Loch auf die Stirn.

DIETER Das ist ein geiles Gefühl.

Von draußen ist eine Megaphonstimme zu hören.

STIMME *off* Achtung, Achtung!
DIETER Wer kann das sein?
STIMME *off* Hier spricht die Polizei. Das Gebäude ist umstellt. Werfen Sie die Waffe weg.
DIETER Wer ist sie?
STIMME *off* Sie. Das sind Sie.
DIETER Ich? *Er wirft die Waffe weg.*
STIMME *off* Nehmen Sie die Hände hoch.

Dieter reißt die Hände hoch.

STIMME *off* Kommen Sie langsam mit erhobenen Händen heraus.

Dieter geht langsam mit erhobenen Händen hinaus. Draußen werden Wagentüren zugeschlagen. Die Polizei entfernt sich. – Es klingelt. Vater tritt ein.

VATER Ich glaube, ich habe meinen Hut bei euch liegengelassen. Was ist denn hier passiert? – – – Darf ich mich ein bißchen zu den jungen Leuten setzen? – – – Ja, ich bin schon über siebzig. Aber als ich so jung war wie ihr, da habe ich mein Leben auch gelebt. – Und jetzt? Fange ich noch einmal ganz neu an. Wenn du glaubst, es geht nicht mehr, kommt von irgendwo ein Lichtlein her. *Er setzt seinen Hut auf.* Man muß nur die Vernunft walten lassen, dann regeln sich die Dinge zuweilen von selbst. - Ich empfehle mich.

Vater ab. Die Kirchturmuhr schlägt drei. Im Vorgarten singt eine Amsel.

Vorhang.

Ende.

Wilfrid Happel, geboren 1965 in Nürnberg, Studium der Germanistik und Philosophie in Köln und Frankfurt. Dramaturg bei verschiedenen freien Theaterstücken. Lebt in Münnestadt und Berlin.

Theaterstücke:
Das Schamhaar, Uraufführung: Schauspiel Köln 1994; *Mordslust*, U: Schauspiel Köln 1995.

Neue deutsche Dramatik im Verlag der Autoren
Eine Auswahl

Stefan Dähnert, Herbstball
Wolfgang Deichsel, Werke. Band 1: Etzel. Band 2: Der hessische Molière. Band 3: Frankenstein I. Aus dem Leben der Angestellten. Band 4: Frankenstein II. Die Zelle des Schreckens
Ernst-Jürgen Dreyer, Die goldene Brücke
Hans Magnus Enzensberger, Nieder mit Goethe ! / Requiem für eine romantische Frau
Ludwig Fels, Soliman / Lieblieb
Gert Jonke, Opus 111
Fitzgerald Kusz, Let it be. Drei Stücke von der Liebe
Dea Loher, Fremdes Haus
Elfriede Müller, Die Bergarbeiterinnen / Goldener Oktober
Klaus Pohl, Karate-Billie kehrt zurück / Die schöne Fremde
Gerlind Reinshagen, Himmel und Erde
Friederike Roth, Ritt auf die Wartburg / Klavierspiele
Hansjörg Schneider, Der Irrläufer
Georg Seidel, Villa Jugend
Kerstin Specht, Carceri / Mond auf dem Rücken / Der Flieger
Friedrich Karl Waechter, Die letzten Dinge
Urs Widmer, Der Sprung in der Schüssel / Frölicher – ein Fest